KB188460

스쳐가는 하루 속
스며드는 우리들의
이야기

거봐요,
오늘도 빛났잖아요

| 목 차 |

Chapter 01

죽을 때까지 사랑을 알 수 있을까

Chapter 02

나이를 먹어도 지금처럼 철부지로 살고 싶다

Chapter 03

쓸데없는 생각인데 이상하게 맞는 말, 그래도 여전히 쓸데없는 생각

Chapter 04

결국엔 사랑

Chapter 1

죽을 때까지 사랑을 알 수 있을까

행복한 순간은 많았지만
먼저 쓰고 싶은 이야기는 단연코 사랑이었다.

기다리는 시간도 봄이다.
보내고 그리워하는 시간도 봄이겠지.
당신을 기다리고 보내고 그리워한 시간까지
다 사랑이었던 것처럼.

황경신 작가님의《밤 열한 시》라는 책의 한 줄이다.

사랑. 하루하루 설레고 조마조마하던 카라멜마끼아또처럼 달달한 썸의 기간부터, 1,535도에서 녹는 강철도 0.1초도 안 돼서 녹여버릴 만큼 불타오르는 연애의 기간도, 그 어떤 드라마나 영화보다 눈물 나게 헤어지게 되는 이별의 아픔까지도 지나고 보면 모두 사랑이었고 행복이었다.
매일 아침 눈을 뜨는 순간부터 잠들어서까지 행복했던 애틋하고 달콤한 이야기를 써보려 한다.

01

첫 사랑이기 때문에 기억되는 것은 아니다

남자의 첫사랑은 무덤까지 간다는 말이 있다. 사실 이 말에 공감할 수는 없다. 물론 내 기억 속에도 첫사랑은 분명 남아있지만, 난 이제 고작 26년밖에 살지 않았고, 첫사랑을 잊기에는 내 뇌가 아직 부지런하다. 무엇보다 나는 아직 무덤으로 가지 않았으니까 말이다. 그렇다고 공원에서 친구들과 윷놀이를 즐기는 어르신에게 "할아버지 첫사랑을 기억하세요?"라고 여쭤볼 수도 없고, 어머니와 낭만적이진 않지만 결코 부족하지 않게 사랑을 이어가는 아버지에게 첫사랑을 물어보는 멍청한 아들이 되고 싶지도 않다. 생각해보면 그 무덤까지 간다는 기준이 무엇인지도 모르겠다. 첫사랑의 이름을 기억한다는 것인가? 얼굴을 잊지 않으면 되는 건가? 몇 살에 며칠을 사귀었는지 기억하면 되는 것인가? 아니면 내 머릿속 기억의 서랍, 그 한구석에 간직하고 있는 것인가?

분명 난 아직까지 나와 사귀었던 모든 여자친구의 이름과 얼굴, 언제, 얼마 동안 사귀었는지 기억한다. 하지만 나이를 먹고 뇌도 함께 늙으면 언젠가 잊힐 것이다.

하지만 만약 맨 마지막 질문, 그 사람과 행복했던 감정을 머릿속 한구석에 간직하고 있는 것이 '무덤까지 간다'의 기준이라면, 나는 첫사랑이 아니라 나와 사귀었던 모든 사랑뿐만 아니라 사귀지 못했던 짝사랑까지도 머릿속 한구석에 평생 자리 잡고 있지 않을까 싶다.

첫사랑이든 두 번째 사랑이든 새로운 사랑이 찾아온다는 것은 옛사랑은 이미 끝나버렸다는 것. 사랑의 끝은 결코 좋을 수 없기에 마음속에 상처를 남겼다는 것이다. 그 상처는 분명 시간이라는 최고의 처방을 받아 차츰차츰 아물겠지만, 그 상처는 아물었을 뿐이지 상처를 나기 전으로 돌릴 수는 없는 일이다. 사랑도 그렇다. 나중에 또 다른 사랑으로 덮일 수는 있으나 결코 없던 일이 될 수는 없는 것이다.(혹여 찰과상 정도의 상처를 사랑이라 말하지 마라. 그 정도의 감정을 사랑이라 하기엔 사랑의 깊이는 너의 생각보다 훨씬 깊다.)

하지만 사랑이 상처와 다른 것은 아프기만 했던 것은 아니라는 것. 사랑했던 순간, 그렇기에 행복했던 시절들이 분명히 남아있다. 그렇기에 나는 항상 지나간 사랑들을 모두 기억한다. 그렇다고 그 사람을 계속해서 사랑한다는 것은 결코 아니다. 그냥 그 추억을 간직하고 있는 것뿐이다. 오래된 필름 사진을 꺼내 보는 것처럼 간혹 그때의 기억을 떠올려 살며시 미소를 짓는 것일 뿐.

남자의 첫사랑은 무덤까지 간다고? 맞는지는 모르겠지만, 또 아니라고도 못하겠다. 다만, 추가하고 싶은 말은 남자라서가 아니라 첫사랑이 라서가 아니라 내게는 모든 사랑이 그저 사랑이었다는 이유만으로 평생 기억될 것 같다.

02

1초면 충분해

추운 날 건네준 따뜻한 자판기 커피
힘들 때 해준 응원 한 마디

너에겐 스쳐 가는 잠깐이겠지만,
나에게는 백 번을 더 곱씹게 되는 그 순간

당신에겐 별거 아닌 짧은 시간이
누군가에겐 모든 걸 빼앗길 수 있는 시간일 수도 있다.

03

나의 첫사랑에게

사실 이 책을 쓰면서 꼭 넣고 싶은 내용이면서도 걱정되는 부분이 지나간 사랑에게 편지를 쓰는 것이었어. 봐줬으면 하면서 쓰는 것이지만, 한편으로 그 사람만은 보지 않았으면 하는 마음으로도 이 편지를 써본다. 특히나 첫 번째로 좋아했던 너이기에 잘 써질지 모르겠다.

우선 생각해보면 가장 길게 좋아했지만, 반대로 사귄 기간이 가장 짧았던 게 너더라고. 초등학교 6학년 때 너를 처음 만나서 또래에 비해서 당돌했던 네가 그 어린 마음에 좋았나 보더라고. 하지만 고작 열세 살이던 내가 너에게 고백했을 리가 없고, 그 마음이 어떻게 중3 때까지 이어져 그때가 돼서야 너를 만나야겠다는 용기가 생겼나 봐. 그래도 나에겐 핑계가 필요했어. 네가 좋아서 너와 둘이 만나자고 하기엔 난 아직 어린애였거든. 그래도 참 다행이지? 내가 반장이었기에 반창회를 핑계 삼아 친구들을 모을 수 있었으니. 신기한 것은 그날 일어났지. 내 맘을 알아챈 듯 너는 온종일 구두를 신어 다리가 아프다는 핑계로 내게 기대서 걸었으니 말이야. 아직도 그날 친구들과 다 헤어지고 너를 부축하기 위해 너희 집 쪽으로 한참을 뛰어갔던 것이 기억난다. 그러고 보니 지금으로부터 딱 10년 전이구나. 그렇게 우리는 사귀게 되었지. 모든 첫사랑이 그렇듯 너는 내 첫사랑이기에 너의 마지막 사랑은 나이길 원했지만, 우린 40일 만에 헤어졌지. 어린 내게 여자친구가 있다는 것을 누군가에게 말하기엔 부끄러웠었나 봐. 그게 네 마음에 상처가 되어 우린 헤어졌지.

그 후 나는 고등학생이 되었지만, 여전히 네가 계속 생각났나 봐. 매년 너와 사귀던 중 있었던 유일한 기념일인 빼빼로데이에 너의 집 앞으로 빼빼로를 가져다 뒀던 걸 생각하고 있는 걸 보면 말이야. 그렇게 된 고3 가을, 그때도 이렇게 찬 바람이 불기 시작한 가을이었지. 어느 날 너와 친하게 지내는 한 친구가 너를 아직 좋아하느냐고 묻더라고. 나야 뭐 그렇다고 대답하면서 절대 너에게는 말하지 말라고 했지. 근데 사실 이렇게 말하면 더 너에게 말할 것 같아서 그랬어. 예상대로 그 친구는 너에게 나의 마음을 전했고, 며칠 뒤 너에게 문자가 와서 우리는 수능을 한 달 남기고 다시 만났지. 나는 그 순간이 운명이라고 생각했어. 게다가 운 좋게 찾아온 신종플루. 걸리지 않은 그 병을 핑계로 일주일 동안 학교를 안 가고 너와 같이 고시원을 갔던 나날들이 참 좋았는데. 그렇게 수능을 일주일 앞두고 우리는 공부를 하자며 수능이 끝나고 만나자고 했지. 그러나 수능이 끝나고 너에게 문자를 했지만, 답은 오지 않았어. 일주일, 보름이 지났고, 난 결국 다른 친구에게 너의 소식을 물어봤지. 들려오는 대답은 사실 작년부터 사귀던 남자친구가 너에게 있었다는 것. 충격이었어. 사실 너를 원망도 했어. 안 했다면 거짓말일 거야. 그래도 내가 너에게 상처 준 것이 있으니 그 업보라고 생각해. 그렇게 넌 내게 첫사랑으로 기억되었지.

뭐, 물론 지금은 가끔 너와 연락도 하고 만나기도 하지만 말이야. 생각해보면 난 헤어진 여자친구들과는 연락하지 않는데 딱 너한테만 하게 되더라. 어린 시절의 사랑이었기 때문인지, 시간이 상처를 잘 치유해줘서인지, 이후 새로운 사랑이 생겼기 때문인지 그 이유는 잘 모르겠어. 어쩌면 전부일 수 있겠지.

간혹 사람들은 "에이, 그때 사귄 게 뭐가 사랑이냐?", "그냥 좋아했던 거잖아."라고 말하더라. 나는 네가 내 첫사랑인 것을 언제나 확신해. 지금의 사랑과 비교하면 비록 서툴고 멍청하고 실수뿐인 사랑이었지만, 그때의 내가 줄 수 있는 모든 마음을 주었고, 그때에 내겐 네가 가장 소중했으니 그것은 분명 사랑이 맞아. 사실 너는 나를 어떻게 생각하고 있을지는 모르겠지만 말이야.

편지라고 해놓고 결국 추억팔이나 하고 있네. 그런데 어쩔 수 없어. 편지이기도 하지만 내 책의 한 이야기니까 이 글을 읽어주는 사람도 이해할 순 있어야 하니까.

그럼 이제 독자들이 아니라 너에게 하고 싶은 말을 하자면, 고마워. 덕분에 다음 사랑부턴 누구 앞에서 부끄러워하면 안 된다는 것을 배웠으니까. 그리고 또 고마워, 너를 사랑했던 7년이란 시간 동안 아픈 날도 있었지만, 행복한 날이 더 많았으니까. 마지막으로 고마워 내 첫사랑으로 남아줘서.

그냥 니가 참 좋아
MASTER PEACE
마/스/터/피/스
HOTDOG PUB

04

가을이 좋은 이유 1

봄은 텁텁한 황사가 싫어서, 여름은 따가운 햇볕이 싫어서, 겨울은 매서운 칼바람이 싫어서. 봄은 즐기기도 전에 시험 기간이 찾아와서, 여름은 마른 몸매에 반팔 반바지를 입어야 하는 게 부담이 돼서, 겨울은 사진을 찍다 보면 손가락이 얼 것 같아서.

사실 그런 이유로 가을이 좋은 것은 아니다.

높은 하늘이 있어서, 풍경들이 빨강 노랑 색깔 옷을 입어서, 선선한 날씨에 맞춰 내가 좋아하는 셔츠들을 꺼내 입을 수 있어서, 비 오는 날보다 맑은 날이 많아서, 유난히 좋은 추억이 많은 계절이라서.

그래서 가을이 좋아지기 시작했지만,
어느 순간부터 가을은 가을이란 단어 그 자체로 그냥 좋다.

이제는 네가 그냥 너이기 때문에 좋은 것처럼.

05

눈부심

그날 강렬한 눈부심 속 당신이 있었어요.

집으로 돌아와 생각해보니
아름다웠던 그 순간이 빛 때문이었는지
아니면 당신 때문이었는지 모르겠더라고요.
맞아요. 어쩌면 전 그 섬광에 눈이 멀어
당신의 진정한 모습을 보지 못했을지 몰라요.

그런데 그게 중요한가요?
지금 이렇게 당신을 다시 보고 싶은걸요.

06

짝사랑 마니아가 되기까지

《응답하라1994》의 칠봉이, 《응답하라1988》의 김정환, 《상속자들》의 최영도. 나는 드라마를 보면 언제나 짝사랑 캐릭터에 더 감정 이입이 되었다. 항상 짝사랑을 응원하지만, 어느 드라마나 똑같이 항상 예상대로 짝사랑 캐릭터는 주인공 남녀의 사랑을 더 빛나게 해줄 뿐이다. 내가 상대를 꼭 잡지 않는다면 툭 끊어지고 마는 가슴 아픈 관계, 짝사랑. 이제부터 쓸 이야기는 나를 짝사랑 마니아로 만들어준 나의 짝사랑 이야기다.

때는 2010년, 내가 파릇파릇한 신입생 때의 이야기다. 고등학생 때 담임선생님이 늘 말씀하셨던 "대학생이 되면 여자친구 생긴다."라는 말은 남고를 다닌 학생이라면 누구나 한 번쯤 들어봤을 것이다. 순진하게 그 바보 같은 이야기를 믿었던 바보 같은 아이들이 참 많았는데 안타깝게도 나도 그중에 한 명이었다. 그렇게 부푼 꿈을 안고 입학한 대학교. 하지만 난 대학교에 들어오자마자 고3 담임선생님을 원망할 수밖에 없었다. 담임선생님의 추천으로 들어온 전기공학과에 어떻게 52명 정원에 여자가 딱 한 명이었던 것일까?

이렇게 여자친구를 사귀지 못하고 마는 것일까? 하지만 우리 학과만 저주받은 것이지 온 세상이 칙칙한 것만은 아니기에 내게도 스무 살의 순수함을 다 바칠 여자아이를 통기타 동아리에서 만났다.(만약 이 책의 독자 중 청소년 혹은 막 신입생이 된 친구들이 있다면 대학 생활 중 동아리는 꼭 가입해봤으면 좋겠다. 특히 동아리 규모가 커서 인원도 많고 물론 여자도 많은 곳으로. 그게 여러 가지로 분명 재미있다.)

조그만 키에 귀여운 얼굴, 기타를 치는 작은 손을 꼭 잡아주고 싶어지는 동기 여자애였다. 처음에는 분명 예뻐서 좋아하는 줄 알았다. 그런데 생각해보니 먼저 다가와준 친절함과 매번 웃어주는 모습에 좋아졌던 것 같다. 남중, 남고를 거친 공대생에, 여자에겐 말도 먼저 건넬 용기도 부족했던 내게 여자 사람과의 대화는 그것 자체로 설렐 수밖에 없었다. 뭐, 나중에야 그 아이는 누구에게나 친절하고 누구에게나 웃어주고 말도 먼저 걸어주는 착한 아이라는 것을 알았지만, 그때는 이미 마음이란 녀석이 헤아릴 수 없이 커져 포기할 수도 없게 되었다.

이후로 매일매일 문자는 기본이요, 그 아이가 싸이월드 미니홈피에 언제 글을 쓸까, 집에 있을 때는 모니터만 바라 보았다. 그 당시 미니홈피 이벤트로 몇 번째 방문자가 당첨되게 설정하는 기능이 있었는데, 그 아이의 이벤트에 당첨되기 위해 10,000번째 방문자가 되려고 9,200번째 방문자부터 온종일 클릭을 반복하여 10,000번째 방문자가 되기도 하였다. 이런 노력이 그녀에게도 전달이 된 것일까, 나는 얼마 후 그녀와 단

둘이 영화를 보러 갈 수 있게 되었다. 막 스무 살이 된 나의 순진하고 멍청한 사고로는 단둘이 영화를 보러 간다는 것은 마음속에서는 이미 그녀와 나는 커플이 된 것이나 다름이 없었다.

결론부터 말하면 보기 좋게 꽝이었다. 얼마 후 그 아이는 동아리 동기 남자애와 사귀게 되었다. 그녀와 그 녀석이 사귀게 된 날, 노래방에서 혼자 휘성의 〈안되나요〉를 미친 듯이 불렀던 것이 기억난다. 웃겼던 것은 나와 그 동기 남자애랑은 제법 친했는데 그 남자애는 내가 그 여자아이를 좋아하는 것을 몰라서 연애 상담을 내게 했다는 것이다. 심지어 고백하러 가는 전날까지도 나는 그 남자아이에게 연애 상담을 해주었다. 지금 생각하면 미친 짓 같지만, 스무 살의 나는 그 여자아이가 그 남자아이와 사귀는 것이 행복하다면 그 자체로 응원해주고 싶었나 보다. 이후 그 커플은 며칠 만에 깨졌는데, 나중에 내가 그 여자아이를 좋아했다는 것을 알게 된 남자아이에게서 "네가 나랑 걔랑 사귀다 빨리 깨지게 하려고 잘되라고 부추긴 거 아니야?"라는 개똥 같은 소리도 들었지만, 그 녀석은 좋아하는 여자가 좋아하는, 바로 그 남자의 연애 상담을 들어주는 내 기분을 1%도 알지 못할 것이다. 뭐, 지금의 나라면 일부러 깨지게는 못해도 사귀지 못 하게 살살 멀어지게는 했겠지만 말이다.

이때쯤부터 이미 나는 그녀와 이루어질 수 없다는 것을 어렴풋이 알고 있었다. 하지만 마음이란 녀석은 야속하게도

누군가를 생각하지 않으려고 애를 쓰다 보면

누군가를 얼마나 많이 생각하고 있는지 깨닫게 된다.

- 황경신《생각이 나서》中 -

그래서 나는 그녀를 좋아하지 않는 것을 포기했다. 말 그대로 작정하고 짝사랑을 시작했다. 마음이 아프면서도 좋아한다는 이유만으로 행복했다. 주변에서는 고맙게도 걱정을 많이 해줬다. 내 상황을 아는 친구들은 항상 술을 마실 때면 포기하라는 말을 많이 해주었다. 뭐, 그 걱정들이 더 가슴 아프긴 했지만….

그러던 어느 날, 한 친구가 술을 마시며 그녀가 나에 대해 이야기한 것을 말해줬다. 그 친구와 몇 명의 친구들, 그리고 그 여자아이가 술을 마시고 있을 때 "석준이도 부를까?"라고 물어봤는데 그 여자아이가 이렇게 말했다는 것이다.

"아, 나는 개 질려, 짜증나. 연락 좀 그만했으면 좋겠어."

그 이야기를 듣고 담담하게 넘기려 했지만, 어린 나이에 충격을 받긴 했다. 그냥 좋아했던 것, 그뿐이었는데 질리는 사람이 되어버렸다. 사실 그 말을 들은 것보다 더욱더 슬펐던 것은 그런 말을 들었음에도 그 여자아이를 포기하는 데까지 두 달이 더 걸렸다는 것이다. 이렇게 내 스무살의 짝사랑은 끝이 났다.

이후로 나는 짝사랑 마니아가 되었다. 서툴고 멋없는 일방적인 감정이지만, 그 진실한 감정과 슬픔을 알기에 짝사랑하는 영화나 드라마만 봐도 왠지 가슴 한편이 먹먹해진다.

그래도 난 짝사랑에 후회는 없다. 그녀와 단둘이 영화를 보러 갔을 때의 두근거림, 로즈데이라고 수줍은 첫사랑을 뜻하는 주황색 장미를 사 들고 그녀에게 주러 갈 때 장미 냄새로 가득했던 거리, 관심도 없는 드라마를 그녀가 추천해 줬다는 이유로 수업도 안 가고 종일 드라마만 봤던 하루, 그녀가 원하는 생일 선물을 하고 싶어 생일 한참 전에 가지고 싶은 것을 물어봐서 생일날 사줬던 보라색 컨버스 스니커즈, 신발 사이즈를 몰라서 동아리방 그녀의 신발에 손바닥을 대서 사이즈를 기억했던 그 풋풋한 짝사랑은 지금 생각해도 분명 행복이었다. 분명히 그녀를 짝사랑하는 기간은 뼈아픈 슬픔도 있었지만 그보다 행복했던 시간이 더 많았기에 그녀를 뭐라고 할 자격도 없지만, 뭐라고 하고 싶지도 않다.

오히려 조금 미안하다. 너무 성급했던 내 감정이 그녀에게 조금 번거로웠을지도 모른다. 지금 내 마음을 표현하고 싶다는 이기적인 마음으로 준비도 되지 않은 그녀의 마음에 억지로 파고 들려 했을지 모른다. 그러니 질린다거나 연락을 안 했으면 좋겠다는 소리를 들었겠지.

만약 짝사랑을 시작한, 아직 표현이 서툰 스무 살이 이 글을 읽고 있다면 이 말을 꼭 해주고 싶다. 성급해하지 말라고! 좋아하는 감정만으로 갑자기 세 발자국 다가가면 상대방은 놀라서 다섯 발자국 멀어질 수 있다고. 단지 감정 표현에 급급해서 상대방을 힘들게 하는 나같이 바보 같은 짓은 부디 하지 않기를 바란다. 그렇지 않으면 나처럼 짝사랑 마니아로 살아야 할지도 모르는 일이니까 말이다.

지금도 가끔 그때의 생각을 한다. 만약 내가 그때 좀 더 차분하게 그녀에게 다가갔더라면 내 짝사랑은 다른 결과를 가져올 수 있었을까? 뭐, 이렇게 지나간 일로 되지도 않는 망상을 하면서 입가에 미소를 지을 수 있는 것은 짝사랑하는 사람만의 특권이겠지.

07

고양이의 마음

아침에 만난 길고양이.
새끼 녀석이 세상 구경이 하고 싶었나, 아니면 혹시 어미를 잃었나?
제자리에서 하염없이 야옹야옹 울어대기만 하는 녀석을 보니
안쓰러워서였을까, 귀여워서였을까?
어쩌면 나도 혼자 있는 외로움을 너무 잘 알아서일지도 모른다.
친해지고 싶다는 생각이 들었다.

녀석에게 주려고 편의점에서 소시지를 사 왔다.
그런데 아무리 소시지를 주어도 가까이 오지 않더라.
결국 소시지 세 개를 멀리서 던져주기만 하다가 돌아왔다.

친해지고 싶은데, 친해지고 싶었는데.
그래, 고양이의 마음조차 얻기가 이렇게도 힘든 일인데
내가 좋아하는 사람의 마음을 얻기는 얼마나 기적 같은 일인가?

08

눈사람

누군가 만들어준 눈사람
하지만 그 사람은 만들어주기만 하고
떠나버리는군요

홀로 남은 눈사람은 제자리에서
아무리 기다려보지만
돌아오지 않는 그 사람

하지만

만들어준 고마움에
차가운 걸 견뎌준 따뜻한 손길을 잊지 못해
온 몸이 다 녹아내릴 때까지
그 사람을 기다려봅니다

나의 마음은 눈사람과 같습니다

09

호수와 돌멩이

당신은 말했어요
내 마음은 돌멩이가 던져진 호수 같다고

작은 돌멩이에도 너무나 쉽게 흔들려버리고는
잠시 기다리면 멈춰버릴 그 물결을 보고
감히 사랑이라 말하고 있는 그런 철없는 마음이라고

하지만 그대여
부디 가벼운 마음이라 말하지 말아 주오
깊은 호수 아래 바닥에 돌멩이가 닿을 때까지
내 마음 일순간 일순간 일렁이고 있으니

비로소 돌멩이 바닥에 닿아도
촘촘한 모래알 사이에 콕 박혀
긴 시간 바라보고 있을 수밖에 없을 테니

10

헤어짐은 좋은 건가요?

잡지를 보는 것을 좋아하진 않는다. 아니지, 좋아하지 않았다. 미용실에서 아주머니들이 보는 것이라는 생각이 들었던 것도 있고, 무엇보다 내용보다 광고가 많은 책이 무슨 의미가 있나 싶었다. 하지만 요즘은 잡지를 읽는 것에 제법 흥미를 느끼고 있다. 잡지는 잡지마다 주제가 있기 때문에 그 주제에 대한 깊이 있는 이야기를 볼 수도 있다. 무엇보다 사람 냄새가 나는 것이 좋다.

잡지는 솔직하다. 다소 다루기 날카로운 이야기도 있는 그대로 담고, 때론 야한 이야기, 어떨 땐 사회에 대한 비판조차 거리낌 없이 써 내려가기도 했다. 그렇다고 아무 잡지나 읽는 것은 아니다. 돈도 없고 패션에 관심도 없는 내가 읽을 만한 잡지는 대학생이 주로 읽는 잡지들이었다. 그중 대전의 청년들이 직접 만든《보슈》라는 잡지를 읽는 것을 좋아한다.

그 잡지를 읽는데 "헤어짐은 좋은 건가요?"라는 주제의 글을 읽게 되었다. 그 글의 내용을 요약하면 "다음 사람에게 더 잘할 수 있으므로 헤어짐은 좋은 것"이라는 것이다. 사실 이 글을 읽었을 때는 별생각 없이 읽었다. 그렇게 그냥 넘어가려 했던 주제가 얼마 후 내게 다시 질문으로 돌아왔다.

《보슈》라는 잡지를 만드는 에디터들이 독자와 만남을 가지는 행사를 열었다. 나는 한 명의 독자면서 팬이기 때문에 만남을 신청하였고, 얼마 후 그 행사에 참여하였다. 행사에는 작은 이벤트가 여러 개 있었는데 그중 독자들에게 번호표를 주고 추첨하여 무작위로 한 주제에 대한 자기의 의견을 말하는 행사가 있었다. 독자가 바보가 아니라면 이쯤에서 내가 받은 질문이 무엇인지 알 것이다. 그렇다. 그 질문이 "헤어짐은 좋은 건가요?"라는 질문이었다. 내 순서가 오기까지 혼자 아무 말도 없이 그 질문을 몇 번이고 되뇌었다.

자연스레 잡지에서 봤던 그 글이 떠올랐다. 다음 연인에게 더 잘해줄 수 있으니까 헤어짐은 좋은 것이라는 것. 나도 첫사랑에게는 부끄러워서 손을 놓고 말았던 실수가 있었기에 다음 사랑의 손만큼은 어느 장소, 누구 앞에서든 놓지 않았던 것처럼, 분명 헤어짐을 반복할수록 다음 연인에게는 더 잘해줄 수 있다.(비록 더 로맨틱해지진 않았지만)

하지만 그게 좋은 것이라는 생각은 단 한 번도 해본 적이 없다. 좋은 성적을 위해 공부를 해야 하는 것은 당연하지만, 난 결코 공부가 좋은 것이라고 생각해본 적은 없다. 헤어짐도 그렇다. 헤어짐 뒤에 성숙함은 올 수 있으나 헤어짐 그 자체를 좋다고 할 순 없다.

무엇보다 가장 이해할 수 없는 것은, 다음 사랑에게 더 잘할 수 있다는 이유로 지난 사랑과의 헤어짐을 좋았다고 한다면 지난 사랑에 대한 예의가 없는 것이라 생각한다. 아니지, 애초에 그건 예의조차도 아니다. 지난 사랑과의 헤어짐을 좋은 것이라고 말할 것이라면 그걸 사랑이라고 하지 마라. 물론 다른 사람의 의견은 모른다. 하지만 적어도 내게 지나간 사랑들은 다음 사랑을 꽃피우기 위해 희생됐어야 하는 거름 따위가 아니었다. 미숙했지만 그 순간도 내겐 분명 꽃이었다.

11

파도

강렬한 파도일수록 산산이 부서지는 것처럼

그대도 내게 한순간 다가와

잊지 못할 선명한 마음만 남긴 채

그렇게 흩어져 가버렸다.

12

결국 난 네 모습을 보지 못했다

사귀기 전에는 꾸며진 모습만 보았기에
그녀의 참된 모습을 보지 못했다.

사귀는 처음에는 콩깍지란 녀석이 눈에 박혀버려
이때도 그녀의 진실한 모습을 보지 못했다.

사귀는 나중에는 권태라는 녀석에게 짓눌려
그녀의 모습을 바라보지도 않았다.

그리고 헤어지고 나서야 그녀의 모습이 보이기 시작했다.

아침에 약한 나를 위해 나보다 먼저 일어나 모닝콜을 해주던 너
생각해보면 넌 참 착했는데 말이야.

요즘 길에서 마주치는 여자들을 보면 또 너보다 예쁜 사람이 없어.

그러고 보면 넌 예쁘기도 엄청 예뻤는데….

일기예보를 보지 않는 그녀이기에 비 오는 날이면
우산을 두 개 챙겨 건네주면 행복해하는 널 보면
맞아, 너보다 그 웃음을 보는 내가 더 행복해질 수 있었지.

그래, 이제야 너의 진짜 모습이 보이기 시작했다.
너는 내가 좋아할 수밖에 없는 사람이 맞다.

그런데 난 왜 그 모습을 지금에서야
다 늦은 지금에서야 알았을까?

이런 생각을 하고 얼마 후, 널 다시 보고 싶다는 그리움 때문이었을까, 널 놓쳤다는 후회 때문이었을까? 소주 한 잔 생각이 간절하여 친구를 만나서 맥줏집을 갔다. 술기운을 빌려 조금 오그라들지만 헤어진 후에야 그녀의 진짜 모습이 보인다고 친구에게 말했는데, 한참을 차분히 듣던 친구가 내게 딱 한 마디를 했다.

"넌 지금도 그리움에 가려서 그 애 진짜 모습 보지도 못하고 있네."

13

미련

나는 스물네 살에 스무 살의 너를 처음 만났고 사귀게 되었지.

나는 스물다섯 살에 스물한 살의 너에게 헤어지자는 말을 들었고

나는 스물여섯 살에 스물두 살의 너에게 이별 후 처음으로 연락을 받았어.

밤 11시, 작은 이유로 나에게 연락했다는 너의 말에 사실은 하고 싶은 말이 있다는 걸 알았고(아니더라도 그렇게 믿을래. 그냥), 이제는 그럴 용기가 날 만큼 네가 변했다는 걸 알았어. 사실 술 마시고 연락했던 걸 알았지만 애써 모른 척했지. 너 오타가 계속 났었거든.

비록 지난날의 날 욕하려고, 왜 나한테 그랬냐고 말하려고 한 연락이란 것을 알고 있었지만, 그래도 나도 참 이기적인가 먼저 온 연락이 싫지는 않더라.

넌 우리의 시작과 끝이 엉망이었고, 난 사귀면서도 외로움을 느끼는

사람이라 했지만, 난 우리의 시작도 끝도 드라마 같았고 너랑 사귀면서 행복한 사람이었는데….

너는 내가 좋은 사람이지만 좋은 남자는 아니라고 했지만,

나는 네가 좋은 사람은 아니지만 좋은 여자라 생각했어.

내가 가끔 학교에서 너를 마주치면 외면했다고 했지만, 사실 혹시 마주칠 수 있을까 네가 수업 듣는 건물을 서성였고, 간혹 마주치면 그 짧은 순간에도 네 얼굴을 눈에 담으려고 얼마나 노력했는지 너는 모를 거야.

카톡을 할 땐 자기가 변했다고 말하는 너에게 너 정말 많이 변했다고 말했지만, 하나도 안 변했으면서 겉으로만 바뀐 척하는 모습조차 신기할 정도로 그대로라서 이상하게 안심이 되더라.

너는 내게 미안하단 말을 듣고 싶어 연락했을 테니 미안하다고 했지만, 사실은 헤어지고 두 달도 안 돼서 내가 아는 후배와 사귀는 너를 보고 기분이 좋지는 않아 엄청 미안하진 않았어.

그래도 예나 지금이나 나도 바뀐 게 없이 너에게 또 거짓으로 미안하다고 하는 걸 보니 역시 너나 나나 사람은 쉽게 안 변해, 그치?

넌 내게 새로운 여자를 만나라고 하지만, 맞아, 나도 그러고 싶은데, 아무리 그래도 너한테 "다음 여자친구는 어떤 사람을 만날 거야."라고 말하고 싶진 않은데 말이지.

넌 계속 내게 다음 여자친구한테는 나한테 한 것처럼 하지 말라고 하지만, 적어도 다음 여자친구한테는 너한테 했던 것보다 더 잘할 거라고 너한테 말하긴 조금은 힘들다.

맞아. 네 말대로 아직 미련하게 너한테 미안해서 그런 말은 잘 못 하겠는데, 넌 엄청나게 밉게도 지금의 남자친구 이야기와 내 앞으로의 여자친구 이야기를 하는구나. 전혀 미련 없이.

괜찮아. 나 생각보다 연기 잘해서 안 아픈 척 잘하니까.(넌 진심으로 나를 위해서 해준 말이었겠지만, 그래서 그게 더 아파.)

어느덧 새벽 3시, 톡을 끝내야 하는 시간. 지나간 추억을 다시 지나간 추억으로만 되돌려 보내야 하는 시간. 다신 이런 기회는 없겠지, 너에게 먼저 연락할 일은 없을 테니. 어중간한 마음으로 연락해서 너에게 상처를 다시 기억나게 하고 싶진 않거든. 그래도 넌 어중간한 마음으로 나에게 상처를 줘도 괜찮으니 네가 다시 연락하길 바라기에 카톡 목록에서는 여전히 숨긴 친구지만 차단은 못 하겠다.

잘 지내.
아니, 잘 지내지 마.
그래도 잘 지내.

14

되돌릴 수 없는 것

필름은 셔터를 누르는 순간 되돌릴 수 없어

이 흔들려버린 필름 사진처럼 이미 정해져서 바뀔 수 없는 모습

그래서 미안해

찍기 전에 더 고민할 걸, 더 신중하게 셔터를 누를걸

좀 더 아껴줄걸

그래서, 그래서 더 미안해

그럼에도 되돌릴 수 없겠지만

15

좋은 이야기를 쓰고 싶다

사랑에 대한 좋은 이야기를 쓰고 싶다.

어느덧 사랑에 관련한 글도 끝나 가는데, 좋은 이야기가 몇 개 없다. 이 책을 읽는 사람이 커플이라면 상관이 없겠지만, 혹여 외로운 영혼이라면 글을 읽다가 더 우울해질 것 같아 살짝 걱정된다. 이대론 안 될 것 같아 좋은 이야기를 쓰려고 한참을 생각했는데 도무지 생각이 나지 않는다. 행복했던 이야기라….

생각해보면 사랑이란 것은 원래 다 슬프고 아프고 힘들고 지친다. 그런데 좋은 이야기가 써질 리가 없지 않은가?

(제발 그렇다고 해줘라. 안 그러면 내가 너무 슬프지 않냐.)

그래도 사랑을 해서 좋았던 것은 단 한 가지

오직 사랑 그 자체를 해봤다는 것이다.

그리고 또 막상 남의 좋은 이야기를 들어봤자 배만 아프지 않은가?

16

당신의 이야기를 쓰는 이유

당신의 이야기를 쓰지 않기로 해놓고
이렇게 글을 쓰는 이유는 온 세상이 당신이기 때문이다.

회사 직원들과 당신과 본 영화에 대해 이야기하였고
점심에는 당신을 기다리며 먹었던 햄버거를 우걱우걱
퇴근길 지하철엔 내 옆자리가 당신이 아니란 것을 곱씹었다.

집에 돌아와 게임을 해보려 하지만
게임을 하는 남자는 별로라던 당신 말이 떠올라 이내 꺼버린다.
그리곤 책을 폈더니 책보다 더 눈에 들어오는 당신이 준 책갈피

이럴 거면 아무것도 주지 말지
아니 아무것도 주지 말 걸 그랬다.

그러다 문득 내 생각은 하지도 않을 당신을 생각하며

아, 나도 더는 생각하지 말아야지
하지만 지우려 한다는 것은 결국 다시 떠올려야 한다는 것.

멍청한 나는 비우려 할수록 떠오른다는 것을 이제야 알았다.
이 마음을 가라앉힐 방법은 비우는 것이 아니라 가득 채우는 것.

당신의 이야기를 쓰지 않기로 해놓고
쓰는 이유는 온 세상을 당신으로 가득 채우기 위함이다.
저 멀리 보이지 않는 깊숙한 곳으로 이 마음을 떠나보내기 위함이다.

17

목도리

눈이 오면 문득 네가 생각이나

뻐끔뻐끔 내리는 눈이 너의 목깃 사이 스미면

깜짝 놀라 제자리에서 깡충 뛰더니

애써 괜찮은 척 다시 터벅터벅 걷던 너

그 모습이 귀여워서 몇 분을 더 바라보다가

오늘은 이 정도(!) 만족하고 나서야 내 목도리를 내어줬지

그럴 때면 한 번 거절하지 않고 냉큼 칭칭 동여매고 나서야

싱글싱글 웃는 모습도 참 귀여웠는데 말이야

그래도 시린 눈송이에 잠시라도 떨게 했던 죄로

끝내 그 목도리를 돌려받지 못했으니 나 너무 미워하진 말고

그래, 눈이 오면 이따금 그 목도리가 생각나

우리가 헤어지고 그 목도리는 어떻게 했니?
이미 버려져 땅속 어딘가 묻혔을까 아니면
너의 방 한구석에서 눈 대신 먼지가 쌓였을까?

아마 한참 전에 버려졌을 거라고 생각하지만 말이야
그래도 그때 기억은 버리지 않았기를 바랄게

눈 한 송이에 화들짝 놀라는 너를
무척이나 귀여워했던 어떤 사람이
눈이 오면 살며시 너에게 목도리를 둘러주던
한 사람이 너를 최선을 다해 좋아했었다는 걸…

18

별똥별

인력.

질량을 가진 두 물체가 만날 때 서로 끌어당기는 힘.

어쩌면 사람과 사람의 만남도 인력에 이끌려 만나는 것일지도 모른다.

하지만 모든 만남이 행복할 수만은 없다.

슬픈 만남만을 할 수밖에 없는 운명, 불타는 사랑의 소유자, 별똥별.

별똥별의 정체는 지구가 끌어당기는 힘에 이끌려 지구에 떨어지며 대기와의 마찰에 의해 불타버린 운석이다. 멋대로 작용하는 지구의 인력에 홀딱 반해서 열심히 날아갔지만, 끝내 그 인력 때문에 불타버릴 수밖에 없는 별똥별. 열렬히 사랑했지만, 결국 지구와 만나기도 전에 불타버리는 별똥별의 슬픈 짝사랑.

별똥별이 반짝이고 아름다운 이유는 분명 그런 이유일 것이다.

19

노부부 이야기

나는 운이 좋은 거라고 해야 할까, 나쁘다고 해야 할까? 척추 측만증이라는 흔해 빠진 병을 이유로 국방의 의무를 현역으로 하는 대신 공익근무를 하였다. 내가 근무한 곳은 고향 청주의 한 소방서. 그곳에서 응급구조 보조, 즉 앰뷸런스를 타고 출동하는 일을 하였다. 수많은 출동을 하며 다양한 사람, 다양한 사건이 있었는데 지금부터 할 이야기는 그 많은 이야기 중 하나이다.

2012년 8월 어느 날, 할아버지 한 분이 다치셨다는 신고를 받아 출동하게 되었다. 현장에 출동해서 보니 할아버지께서 오토바이를 타다가 빗길에 미끄러져 사고가 나셨다. 자세한 검사를 받아봐야 알겠지만, 아마 팔에 골절이 있는 것 같았다. 젊은 사람이라면 병원 가면 며칠 안에 자연스레 치료될 수준이지만, 어르신에게는 가벼운 골절마저 결코 간과할 수 없다는 것을 알기에 이송하는 내내 마음이 아팠다. 할아버지도 그 사실을 당연히 아실 것이기에 끊임없이 혼잣말을 하셨다.

“우리 집은 내가 다치면 안 되는데, 할멈도 아픈데 나라도 일해야 하는데 다치면 어떡해. 아휴, 다치면 어떡해.”

한참을 한숨을 쉬시다가 할아버지의 눈가에 어느새 눈물이 고이셨다. 그러다가 걸려온 할머니의 전화. 전화기 너머 할머니의 목소리에선 이미 한참을 우신 것이 분명했다.

“아이구, 영감 괜찮아? 괜찮은 것 맞아?”

“에이 할멈, 괜찮아. 크게 다친 것 아니니까 걱정 말고, 집에 있어. 괜찮다니까. 아무 걱정 말어.”

애써 고인 눈물을 훔치시며 차분하고 또 담담하게, 그리고 누구보다 멋있게 할아버지는 대답하였다. 그럼에도 몇 번이나 괜찮으냐고 되묻는 할머니의 목소리가 내 귀를, 내 마음을 울린다.

세상에는 많은 사랑이 있다. 그 사랑 중 결혼이라는 가장 축복받을 약속을 하고 평생을 곁에서 세월을 견뎌온 노부부의 사랑만큼 아름다운 사랑이 있을까? 요즘 열심히 꾸미고 가꾼 아름다운 젊은 연인들은 서로 받기에 급급한데, 노부부는 세월이 흘러 얼굴에 주름이 짙어졌지만, 이 세상 어떤 젊은이들보다 순수하고 로맨틱한 사랑을 하고 있다.

나도 저런 사랑을 할 수 있을까? 부디 하고 싶다.

내가 그 노부부에게 해드릴 수 있는 것은 없지만, 항상 웃으시며 남은 시간 행복하게 함께하시기를 기도할 뿐이다.

120
115
110
수상택시승강장

20

마음이 꽃피는 시기

벚꽃이 만개한 이 계절에 이 사진을 선물한다면 참 좋겠지만
하루만 더 내일은 꼭이라는 마음으로
다른 계절에 이 사진을 선물한다면 조금 어색할 거예요

그러니까 만약 누군가에게
전하고 싶은 말이나 보여주고 싶은 마음이 있다면
귀찮다고 미루거나 무섭다고 외면하지 말고
그 마음이 가장 꽃피는 시기에 전하시기를

21

낙엽 진 계절

낙엽이 진 계절이다

한겨울, 찬 바람에 손 시릴 것 알면서도
샛노란 잎사귀 내어주는 건
아마도 그 길 위를 지나갈 당신에게
바스락바스락 흩어지는 소리를 선물하기 위해

낙엽이 꽃피운 계절이다
당신이 한아름 꽃 피운 계절이다

22

충고

책을 쓰게 되면 많은 남자들이 들어왔던 듣기 싫은 소리에 대해 해명하고 싶었다. 여러 말이 있지만 그중 내가 정말 많이 들었고 가장 싫어했던 말은 "변했다."라는 말이었다. 변했다고 한다. 나는 여전히 그녀가 좋고 잘해주고 싶다고 생각하면서 잘해주고 있는데 변했다고 한다.

여기서 여자들에게 해주고 싶은 말은 변하는 것은 당연하다는 것이다. 42.195km를 뛰는 마라토너가 처음에 빨리 달려도 그 속도를 어찌 마지막까지 유지할 수 있겠나? 처음엔 너에게 최선을 다해서 달려갔지만, 나중에는 풀린 다리를 이끌고 처음의 속도로 다가가는 것은 불가능하다.

다만, 해주고 싶은 말은 남자는 너에게 다가가는 것을 멈추지 않았다는 것이다. 비록 빠르지 않지만, 처음보다 더 지독한 마음으로 힘든 몸을 이끌고 분명 너에게 다가가고 있다. 심장이 터질 것 같아도 너만을 바라보며 다가가는 남자에게 "변했다."라는 말을 해버린다면 이내 남자는 다리가 풀려 달리는 것을 포기할 것이다. 부디 너에게 있는 힘껏 달리는 남자가 느려졌다는 이유로 '변했다'라는 무심한 말을 해서 너만을 바라보는 그 사람을 놓치는 바보 같은 일은 하지 말았으면 한다.

남자에게 해주고 싶은 충고는 바보같이 처음부터 쏟아붓지 마라. 앞에서 변하는 것은 당연하다고 했지만, 그것에 실망하는 여자들의 기분도 이해가 간다.

빈곤한 나라에선 주변에 사람들이 모두 빈곤하여 비교할 대상이 없기에 부족한지 모르고 삶의 만족도가 높다고 한다. 하지만 우리나라같이 비교할 대상이 많은 나라에선 나보다 잘사는 누군가와 나를 비교하여 우울할 일이 많다고 한다. 상대적 박탈감, 이것은 삶에서 중요한 요소이다. 비록 네가 항상 그녀를 좋아한다고 하더라고 처음에 100을 주고 나중엔 10만큼만 준다면 여자는 남자가 변했다고 생각할 수밖에 없다.(그렇지 않은 여자가 있다면 천사다. 절대로 놓치지 말기를….)

적절한 사랑의 분배도 그녀와 오랜 연애를 하고 싶다면 네가 가져야 할 필수 덕목이다. 시작부터 모든 힘을 다해 달리고 나중에 지쳐서 숨을 헐떡이고 있을 때 변했다는 냉정한 말을 듣고 싶지 않다면, 남자도 곰이 아니라 여우같이 연애를 해야 할 것이다. 때론 그게 서로를 위한 일일지도 모른다.

내 주변에서 봐왔던 경험으로 남자와 여자의 생각을 써보았으나 사실 남자든 여자든 내 연인이 변했다고 한 번쯤은 생각하지 않았을 사람이 누가 있을까? 다만, 그걸 입 밖으로 내보내기 전에 한 번 더 생각했으면 좋겠다. 또 사랑받기를 원한다면 변했다는 잔인한 말보다 사랑한다고 말하자.

사랑을 이끌어 내는 방법은 지난날과의 비교가 아니라 지금도 앞으로도 사랑을 이어갈 수 있다는 마음을 보여주는 것이 최고니까.

23

2月의 立春

봄이 다가온다고 추위가 사라지는 것은 아니다
뛰던 걸음을 멈춘다고 가쁜 숨이 가라앉는 것은 아니다

새로운 누군가를 만난다고 네가 잊히지 않는 것처럼

물론, 그럼에도 언젠가 봄은 오기에

24

달에게 지구가

나의 뒷면엔 크나큰 아픔이 존재해
당신에게 보여줄 수 있는 것은 오로지 나의 앞면뿐이에요

그럼에도 당신은 나에게 모든 모습을 보여줘요
그럼에도 당신은 나를 좋아한다고 말해줘요
고마워요. 이런 나를 좋아해 줘요

언젠가 온전한 나의 모습을 당신에게 보여줄 수 있길
그 모습을 보고도 나를 좋아해준다고 말하는 당신이 있기를

25

지구가 달에게

딱 그 정도 거리에요

더 가까워지면 우린 서로의 이끌림에 결국 부딪혀 산산조각이 되겠죠

그렇다고 그대를 떠나보내기엔 어둠뿐인 밤은 나는 버틸 수 없을 거에요

그러니 어쩔 수 없어요

우리는 딱 이 정도 거리에요

26

끝이 정해져 있다고 하더라도

한 청년이 있었다. 청년은 사랑을 믿지 않았다. 모든 사랑은 언젠가 깨지기 마련이기에, 어차피 깨질 사랑이라면 시작하지 말아야겠다고 청년은 생각했다. 그날도 청년은 홀로 영화를 보고 집에 돌아가는 길이었다. 청년의 눈에 눈사람을 만드는 한 소년의 모습이 들어왔다. 청년은 소년에게 말했다.

“꼬마야, 눈사람은 나중에 만드는 게 어떠니?”

소년은 물었다.

“왜요?”

청년은 대답했다.

“밤새 비가 온다고 했거든. 눈사람은 내일이면 녹아내릴 거야.”

소년은 말했다.

“상관없어요. 그러지 말고 같이 눈사람 만들지 않을래요?”

청년은 내키지 않았지만 소년과 함께 눈사람을 만들었다. 눈사람이 완성되자 소년은 말했다.

“집에서 장갑과 목도리를 가져와야겠어요. 눈사람을 꾸미고 싶거든요.”

청년은 물었다.

"내일 비가 와서 녹는다니까. 꼭 눈사람을 꾸며야겠니?"

소년은 고개를 갸우뚱하며 말했다.

"그게 어때서요? 나는 지금 이 눈사람이 좋은걸요."

청년은 집으로 돌아와 후회했다. 태양이 뜨거운 것은 꼭 만져보지 않아도 알 수 있는 것처럼, 내일이 오지 않아도 내일 녹아있을 그 눈사람을 만드는 바보 같은 일을 했다는 것이 한심했다.

다음 날, 비가 오는 날이지만 청년은 눈사람을 보러 갔다. 이미 소년은 와있었다. 하지만 눈사람은 이미 사라졌고 남아 있는 것이라곤 젖은 장갑과 목도리뿐이었다. 청년은 물었다.

"안타깝지 않니?"

소년은 대답했다.

"안타까워요."

하지만 소년의 표정은 마냥 슬프지 않았다. 그리고 말했다.

"그래도 괜찮아요. 어제 우리 너무 재밌었잖아요. 그걸로 충분해요."

청년은 집으로 돌아왔다. 그리곤 혼잣말을 했다.

"역시 어제 눈사람을 만드는 것은 의미 없는 짓이었어."

그 말을 하는 청년의 입가에는 웃음이 번져있었다.

청년은 그날 밤 꼬마와 함께 눈사람을 만드는, 의미 없지만 아주 행복한 꿈을 꾸었다.

Chapter 2

나이를 먹어도
지금처럼
철부지로 살고 싶다

중학생 때부터 어른이 되고 싶다고 생각했다.

고등학생 때부터는 경제 능력이 없을 뿐 어른과 같다고 생각했다.

대학생이 되는 순간 어엿한 성인이 되었다는 생각에 자랑스러웠다.

하지만 이내,

나이를 먹는다는 것이, 어른이 된다는 것이 전혀 행복하지 않다는 걸

알아버렸다.

열정은 사라져갔고, 순수함은 빛이 바랬다. 밤새 놀아도 다음 날 쌩쌩했는데 지금은 숙취 해소제가 없으면 술을 마실 수가 없다. 매번 만나는 인연을 소중하게 생각하고 주는 만큼 받자는 생각을 하지 말자고 생각했던 나는, 어느 순간 새로운 만남을 귀찮다고 생각하고 주기 전에 돌려받을 것을 생각하는 사람이 되어버렸다. 고작 스물여섯 살이 이렇다.

5년 전의 나는 지금보다 때 묻지 않은 사람이었고, 5년 후의 나는 지금보다 분명 더 현실에 찌든 사람일 것이다.

지금부터 쓸 이야기는 다가올 5년, 10년, 20년 후에 어른이 되어버릴 나에게 적어도 지금의 감성과 생각을 되새김질하게 하고 철부지로 돌아가기 위해 스스로에게 보내는 편지다.

27

어시장 할머니와의 대화

년 겨울, 친구와 동해 묵호항으로 여행을 한 적이 있다. 바다까지 가서 회를 먹지 않으면 징역 10년은 살아야 하는 중죄이기에 회는 먹어야 했지만 돈 없는 대학생이기에 횟집은 포기하고 어시장으로 향했다. 그러다 적당히 인상 좋으신 할머니께서 운영하시는 가게에 들어가 2만 원어치 생선 좀 떠달라고 부탁드렸다. 시장에서 파는 건 물건이 아니라 정이라고 했던가, 무려 세 마리를 덥석덥석 집어 그 자리에서 손질해주시는 할머니. 할머니의 도마와 칼을 보니 몇십 년을 썼을 것 같았다.

"할머니, 칼하고 도마 엄청 오래 쓰셨네요?"
"응, 30년 됐어, 30년. 이걸로 딸 아들 4명 시집장가 다 보냈어."
"와, 그러면 이제 좀 쉬시지, 힘들지 않으세요?"
"노인네가 집에서 쉬면 뭐 해? 그리고 손주들 용돈도 벌고 해야지."

한평생을 자식을 위해 보냈는데, 자식 다 키우고 나니 자식의 자식을 걱정하는 할머니.

어렸을 때 어머니께서 분식집에서 아르바이트로 일하셨다.

어린 맘에 그게 얼마나 몸과 마음이 힘들지 이해를 못 했다.

이제는 그 고마움을 알 수 있는 나이가 되었지만,

여전히 내가 해드릴 수 있는 건 안부 전화 한 통뿐이다.

문득, 나는 그럴 수 있을까 생각이 들었다. 솔직히 지금은 내가 너무 소중하고 내 생활이 중요하기에 평생을 혼자 살아볼까, 결혼을 해도 애를 낳지 말까 생각한 적이 있다. 만약 나도 자식을 가지면 저렇게 희생하는 사람으로 바뀌려나. 뭐, 그 답을 찾기엔 아직 멀었지만, 괜히 머릿속에 두 사람이 떠오른다.

그날 먹은 회는 맛있었지만, 소주는 제법 씁쓸했다.

28

라오스 탁발

라오스 여행 중 탁발이 정말 멋지다고 생각했다. 탁발은 매일 아침 승려들이 주민들에게 음식을 공양 받고 그것을 가난한 사람에게 또 나눠주는 행사이다. 매일 아침을 나눔으로 시작하는 하루도 물론 멋지지만, 가장 멋지다고 생각했던 것은 받을 수 있는 용기였다.

받을 수 있는 용기!

부족함을 부끄러워하지 않고 그럼에도 행복하게 하루에 충실하는 사람들.

우리나라는 부족한 것에 부끄러워하는 경우가 많다. 또 도움의 손길을 자존심 상하는 일이라고 생각하기도 한다. 나 또한 부끄럽게도, 고등학교 때 노스페이스 패딩 하나 없는 것이 부끄러웠던 시절이 있었다. 또 친구의 악의 없는 도움에 자존심이 상한다고 생각한 적도 있다.

조금 부족한 것이 부끄럽지 않다는 그 용기.

선의를 온전히 선의로 감사히 받을 수 있는 마음.

그게 너무 부럽다.

29

마음속의 빨간 줄

첫인상. 사람에게 엄청 중요한 요소이다. 사실 이상적인 생각으론 사람의 첫인상이 아니라 그 사람의 행실로 판단해야 하는 것이 맞지만, 그것은 정말 동화 속 이야기이다. 사실 첫인상 하나로 친구가 되고 싶기도 하고, 도저히 다가가고 싶지 않기도 한다. 첫인상은 분명 바꿀 수 있다. 하지만 대부분 그 첫인상을 바꾸기도 전에 인연이 끊기는 경우가 많다.

사실 첫인상은 외모뿐만이 아니다. 그 사람의 행동 습관과 옷차림, 말투와 목소리, 처음 만난 사람과 카페에서 커피를 마시고 먼저 카드를 꺼내는 모습까지 첫인상을 결정하는 요소는 무궁무진하다. 직업도 그중 하나이다. 선생님은 차분하고 건전할 것 같으며, 경찰은 올바르고 강한 이미지이다. 그렇다면 나의 첫인상은 어땠을까?

안타까운 것은 스무 살의 나도 첫인상이 좋은 사람은 아니었다. 사랑 이야기를 하며 말했듯, 나는 전형적인 남중, 남고, 공대생으로 여자 눈을 똑바로 보지도 못했던 멍청이였다. 그런 내가 동아리에서 강제로 탈퇴 당할 뻔한 적이 바로 스무 살 때이다. 이유는 간단했다. 여자 꼬실 것 같다는 것이 선배들이 말한 이유였다. 그랬다. 내 첫인상은 다가가기 힘들고, 여자를 많이 만날 것 같다는 이야기가 많았다. 사실 동아리 활동을 한참 한 뒤 나중에야 믿었던 선배에게 그런 이야기를 들었다. 그 말이 당시 내겐 엄청나게 충격이었는데 그 이후로 첫인상을 바꾸기 위해 적지 않게, 아니 엄청 많이 노력했다. 정돈된 웃음과 과하지 않은 시선 처리를 억지로라도 많이 했던 것 같다. 그 후 어느 순간부터 어떤 모임이나 만남을 가져도 첫인상은 나쁘지 않았던 것 같다. 여자가 많을 것 같다는 것은 결국 바뀌지 않았지만, 그것은 그냥 칭찬으로 남겨두기로 했다.

그리고 또 한 가지. 나는 사람을 첫인상으로 판단하지 않으려고 노력했다. 문신을 한 사람이 무서운 사람이 아니라고 생각했고, 클럽을 다니는 사람이 문란하다는 생각도 버렸다. 살찐 사람이 먹는 것을 좋아할 것이라는 고정관념도 버렸다.(하지만 이것은 이내 사실로 판명되었다.) 하지만 이렇게 선입견을 가지지 않으려고 한 내가 여전히 첫인상으로 사람을 판단한다는 것을 깨닫게 한 일이 있었다.

앞서 사랑 이야기를 하면서 내가 현역을 가는 대신, 소방서에서 응급 구조 보조로 공익 근무를 했다는 것을 말했다. 군대에서도 별별 사람들을 다 본다지만, 앰뷸런스 안에서도 수많은 사람을 만난다. 그중 지금부터 할 이야기는 한 40대 환자의 이야기이다.

허리가 너무 아파서 신고했다는 그 아저씨는 오늘 교도소에서 출소했다고 했다. 교도소 출소라. 사실 첫인상을 보지 않겠다고 했으면서 교도소라는 말에 그 아저씨에게 다가가기가 무서웠다. 전과자라는 말은 첫인상으로 사람을 판단하지 않겠다는 신념을 내 머릿속에서 지워 버렸다.

그래도 일은 일이니까, 어째서 허리가 아프시냐고 묻자 아침 11시에 출소해서 조치원에서 청주까지 계속 걸어오셨다고 한다. 왜 버스를 타지 않고 걸어오셨냐고 묻자 지금 4,000원밖에 없어 청주에 있는 부모님 산소에 빈손으로는 갈 수 없어서, 하다못해 막걸리에 과자 한 봉지, 사과 한 개는 가져가야 하지 않겠느냐고 말하시며 약간 눈시울을 붉히셨다.

이 이야기를 듣고 사실 스스로 조금 부끄러워졌다. 부모님 산소를 가기 위해 그 먼 거리를 찢어지는 허리의 고통을 참고 몇 시간을 걸어온 이 사람을 나는 전과자라는 것만으로 무서운 사람이라 생각하고 찌푸린 눈으로 봐 버렸다.

솔직히 말하면 전과자는 부모님 산소도 찾아뵙지 않는 나쁜 놈으로 생각해왔던 것 같다. 이분이 왜 교도소를 가셨는지, 왜 4,000원뿐이 없는지는 모른다. 하지만, 적어도 그분은 민증에 빨간 줄 하나는 있어도, 마음속 순수함에 빨간 줄이 쳐져 있는 것은 아닐 것이다. 적어도 그날 하루만큼은 전과자라는 이유로 그 사람을 안 좋게 본 내 마음보다 전과자지만 하루 11시간을 걸어 부모님에게 막걸리에 과자 한 봉지라도 올리려는 40대 아저씨의 마음이 더 아름다웠다.

다시 한 번 돌아봐야겠다.
내 눈에 색안경을 낀 것은 아닌지.
내 마음속에 빨간 줄은 없는지.

30

빛을 가리는 빛

스스로 빛나려 홀로 열심일 때

문득 나보다 더욱 빛나는 무언가에 움츠러들 때가 있다.

그러나 우울해하지는 마라.

분명 누군가는 너의 빛을 바라보고 있다.

31

치트키

남자라서 그런가? 아니면 그냥 성격인가? 이상하게 지는 것이 참 싫다. 또 완벽하고 멋진 모습의 사람이 되길 바란다. 하지만 더 이상한 것은 높은 곳을 꿈꾸면서 스스로 노력은 하지 않는다는 것이다.

내가 초등학교, 중학교에 다닐 때 한창 유행하던 게임이 스타크래프트였다. 하지만 그 어린 나이에서부터 나란 인간은 노력이란 걸 참 하기 싫었나 보다. 그래서 사용한 것이 치트키다. 이제는 오디션 프로그램의 이름이 되어버린 'show me the money'라는 문장은 10년 전만 해도 모든 남자들이 알고 있는 스타크래프트의 치트키였다. 나도 그 치트키를 참 많이 사용하였다. 컴퓨터를 상대로 연습을 하겠다고 게임을 시작해놓고 결국 귀찮아 빠른 결과를 위해서 치트키를 많이 사용했다. 그리고 나면 항상 찾아오는 것은 허무함. 이겨도 이긴 기분이 들지 않는다. 그나마 스타크래프트는 좀 괜찮은 편이다. 포켓몬스터 게임을 했을 때도 치트키를 참 많이 사용하였는데, 치트키를 써도 이틀 밤은 지새워야 깰 수 있었다. 결국 그 시간을 꼬박 보내서 게임의 엔딩을 보면 아무런 감흥이 없는 것은 물론, 오히려 현자타임(?)이 와버린다. 결국 원하던 몬스터도 마음대로 잡고, 돈도 무한으로 들고 다니며, 심지어 내 몬스터들은 죽지도 않는다. 이렇게 되어버린 게임에 내가 하는 것이라곤 주인공을 키보드로 옮기는 것뿐이었다.

이게 무슨 의미가 있는가?

생각해보면 삶은 완벽해서 행복한 게 아니라 완벽하지 않기에 행복하다. 완벽하지 않은 내가 노력하면서 조금씩 나아지는 모습을 보며 성취감을 느끼고 살아있음을 느낄 수 있으니까. 그런 의미에서 치트키란 녀석은 결국 아무런 과정의 기쁨 없이 결과만을 가져오는 누구의 행복도 채워줄 수 없는 녀석이다. 누구나 결과를 원하는 것은 당연하다. 다만 내가 하고 싶은 말은 그냥 결과가 아니라 노력해서 스스로 쟁취한 결과를 원하자는 것이다. 과정의 기쁨이 없다면 그 결과도 그냥 빈 껍데기일 뿐이니까.

인생을 고달프게 살라고 하는 것은 아니다. 젊어서 고생은 사서도 한다는 개소리는 나도 참 싫어한다. 다만, 쉬운 길을 찾아가자는 것이지 제자리에서 순간 이동을 하는 초능력을 바라지는 말자는 것이다.

치트키는 있어도 쓰지 않는 것이 인생을 더 재미나게 보낼 수 있는 방법이 아닐까?

사실 그래도 내 인생에 치트키 하나쯤은 있었으면 좋겠다.

이를테면 재벌 2세 같은.

32

내 보물 1호

내 자취방에 있는 물건 중 가장 소중한 것을 고르라고 한다면 노트북도 카메라도 기타도 아닌 단연코 이 종잇조각이다. 한 달 만에 고향을 온 아들이 술을 마시고 새벽에 돌아왔는데, 그런 아들 녀석이 혹시 잠이 부족할까 방문 한 번 열지 않으시고 조용히 출근하신 어머니. 몇 그램도 안 될 굳은 잉크에 무엇보다 무거운 마음이 묻어있다.

잘할게요. 잘할게요. 속으로 되뇌어 봐도 좀처럼 되지 않는다.

부끄럼 많은 아들이라 가끔 드리는 연락마저 싹싹하게 못 하지만, 그래도 제가 받은 사랑을 다 돌려드리는 날까지 부디 건강하게 지내시길 바랍니다.

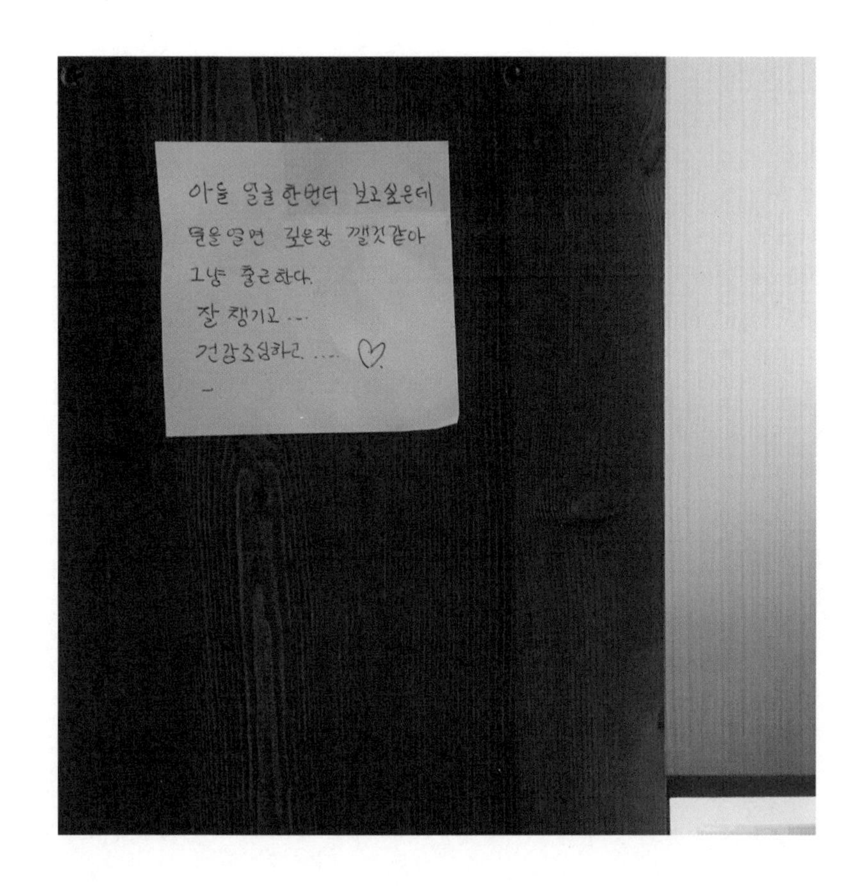
아들 얼굴 한번더 보고싶은데
문을 열면 깊은잠 깰것같아
그냥 출근한다.
잘 챙기고 ...
건강조심하고 ....

33

고양이와 허브솔트

모처럼 떠난 친구들과의 여행, 그리고 여행에서 빠질 수 없는 것은 역시나 펜션에서 즐기는 바비큐 타임. 허브솔트가 솔솔 뿌려진 삼겹살 내음에 마음이 흔들리는 건 사람만이 아닌지 동네 고양이 몇 마리가 다가온다.

멀찌감치 떨어져 실눈을 뜬 고양이들과 달리 애기 고양이 한 마리가 사람 무서운 줄 모르고 다가왔다. 사람이든 동물이든 애기일 때가 제일 귀엽다더니 조그마한 솜방망이 발바닥에 마음이 흔들려 귀한 고기를 조금 잘라 툭 던져주니 맛있게 먹는 아기 고양이.

"야, 고양이 소금기 있는 거 주면 안 돼."

내 모습을 본 친구가 더 주지 말라고 했다. 고양이는 소금기 있는 걸 먹으면 몸이 띵띵 붓는다고 한다. 내겐 이렇게나 맛있는 삼겹살이 고양이에겐 독이 될 수 있다고 한다.

나로 인해 그 아기 고양이는 다음 날 몸이 붓고 어미 고양이는 슬프게 울었을 것을 생각하면 정말 미안하다. 내가 맛있다고 모두가 맛있다고 여기는 나의 오만함과 몰지각함이 부끄러워지는 저녁.

돌이켜보면 나는 이 고양이에게만 이런 못된 짓을 한 것은 아닐 것이다. 내 후배, 친구에게 혹은 내 소중한 사람들에게 나의 기준이 마치 정답인 것 마냥 상대방에게 독이 될 수 있는 충고를 했었을지도 모른다. 상대방이 어떤 삶을 살았고 어떤 가치관을 가지고 있는지도 모르면서 감히 내 한 마디가 정답인 것처럼 오만함에 빠져서 충고라는 이름의 폭언을 했을지도 모른다.

만약 몇 달 전 혹은 몇 년 전, 나의 한 마디에 마음이 띵띵 부었던 아기 고양이가 있다면 지금이라도 정말 미안합니다.

34

이해해줘

"넌 왜 날 이해해주지 못하니?"라는 질문에는

나도 네가 이해되지 않아. 근데 내가 이해해주긴 싫으니까
"네가 이해해줘."라는 모순되고 이기적인 마음이 담겨 있다.

아니라고?

넌 왜 내 글을 이해해주지 못하니?

35

가치관의 성질

누군가 내게 그랬다. 가치관은 세모 모양이고 네모 모양이기 때문에 이리 부딪히고 저리 부딪히면서 서로 깎여나가 둥글둥글해져야 한다고. 처음에는 이 말이 정말 딱 맞는 말이라고 생각했다. 그래서 가치관이 다른 사람을 만나면 서로의 가치관을 맞추기 위해 많이 부딪혀왔다.

그러나 이 사람 저 사람 만나다 보니, 물론 부딪히며 둥글둥글해지는 사람도 있었지만 아닌 사람도 많았던 것 같다. 아니, 사실 대부분이 그랬다. 가치관이란 녀석은 모든 사람이 같은 성질로 되어 있는 것이 아니었기 때문이다. 어떤 사람의 가치관은 나무로 되어있어 부딪히면 깎여 둥글둥글해지지만, 어떤 사람의 가치관은 유리로 되어있어 부딪히면 깨어져 더 날카롭게 날을 세웠고, 어떤 사람의 가치관은 스펀지로 되어있어 부딪히면 나에게 맞춰 주는 것처럼 보이더니 이내 곧 제자리로 돌아가 버렸다.

결국, 가치관이란 녀석이 바뀌기 위해선 그 사람이 바뀌어야지 내가 할 수 있는 것은 극히 작은 일부일 뿐이다. 그러니 억지로 나의 가치관을 누군가에게 강요하진 말자. 모든 사람의 가치관이 모두 나와 같을 필요는 없지 않은가? 이 세상에는 나무도, 유리도, 스펀지도 꼭 필요하니까 말이다.

36

440헤르츠 첫 공연 후기

스무 살 처음으로 기타를 배우고 10cm의 '사랑은 은하수다방에서'를 들으며 홍대, 그리고 서울에 대한 로망을 가득 뿜으며 자랐던 제가 어제 처음으로 서울 한강에서 거리 공연을 하게 되었습니다. 대학교 3학년, 그러니까 거의 5년 만에 처음으로 하게 된 공연이 서울이라니 제가 그렇게 정상적인 사람은 아닌 것 같습니다.

한 달 반 정도의 짧은 기간 동안 여덟 곡을 연습, 그리고 50분의 공연. 사실 첫 공연이라서 긴장도 많이 해서 실수도 있었고, 시스템은 믹서에 문제가 있는지 소리가 뚝뚝 끊겨버려서 연습한 만큼 결과물을 보여주지 못한 것 같아 아쉬움이 남았는데요, 그래도 오래간만에 많은 사람 앞에서 공연했다는 것이 정말로 재미있었던 시간이었습니다. 공연이 끝나고 정말 잘 들었다는 프랑스 누나가 있었는데 기분이 참 좋은 걸 보면 저는 역시 관종이 맞나 봐요.

생각해보니 홍보 영상을 올렸을 때 팀명을 함께 썼는데 팀명에 대한 설명이 하나도 없었던 것 같아요. 저흰 재밌으려고 만든 팀이지만 그래도 이름은 있어야 멋지니까요.

팀명은 '440헤르츠'입니다. 원래 팀명을 만든 친구의 의도는 기타 조율에서 기준 음이 되어주는 '라'가 440헤르츠라서 우리 밴드의 음악도 무슨 기준이 되겠다나 뭐라뭐라 했는데 그건 솔직히 잘 모르겠고요, 제가 뜻깊다고 생각한 것은 '기준'입니다. 제가 어떤 사람이 되고 어떤 삶은 살고 싶은지 그 '기준'이 있어야 기타처럼 제 인생 또한 조금씩 조율해갈 수 있는 것이라고 생각해요.

솔직히 공연 장비를 산다고 돈도 엄청 쓰고, 연습한다고 시간도 엄청 쓰고, 의무감도 생겨서 힘들기도 했지만 삶은 마냥 흘려 보내기보다 무언가를 하며 나를 채우고 싶다는 조금은 거창한 기준으로 제 삶의 방향을 정하고 노력하고 있습니다.

여러분의 삶의 '기준'은 무엇인가요?

어떤 삶을 살고 싶어서 어떤 노력을 하고 계신가요?

저도 잘 모르는 그 질문의 해답을 찾고 싶어 이 밴드를 만들었는지 모릅니다.

첫 공연이다 보니 여러 생각에 잠겨 긴 글이 써져 버렸네요. 늦었지만 미흡한 공연이란 것을 알면서도 와준 친구들, 직접 오시진 못했어도 속으로 응원해주셨을 많은 분들 감사합니다!

CUBE

37

노력과 결과의 관계

필름 카메라로는 밝기 조절이 쉽지가 않아 한밤중에 사진을 찍을 수가 없어 해가 저문 직후 초저녁이나 해가 뜨기 전 조금 하늘이 밝은 새벽에 사진을 찍어야 했다. 이 사진도 4시간만 자고 새벽 5시에 나가서 찍은 사진인데 그 노력에 비해 결과물이 사실 썩 맘에 드는 것은 아니다.

뭐 어쩌겠나? 삶이란 원래 노력만큼 결과를 얻기는 쉽지 않은 것이니까.

노력을 해도 결과가 항상 따라와 주진 않는다.
잔인한 건, 그렇다고 하여도 결과는 노력이 없으면 있을 수 없기에
우린 오늘도 노력하여야만 한다.
부디 지금 이 땀방울이 언젠가 반짝반짝 빛나길 믿으며.

38

난간의 화분

더 큰 세상을 꿈꾸며

현실은 그저 작디작은 화분 속일지라도

39

시간이 부족한 이유

출근길, 얼마 전까지 활짝 피어있던 능소화가
어느새 꽃잎이 떨어져 무성한 이파리만 남았다.

시간 참 빠르다는 생각과 함께
'나는 그동안 뭘 했지?'라는 생각이 든다.

출근을 하면 시간 참 안 간다고 100번을 생각하면서
퇴근만 하면 하루가 너무 짧다고 하는 모순덩어리가 나다.

항상 부족하다고 하는 그 시간 속 버려지는 시간을 생각하면
부족한 것은 시간이 아니라 언제나 부지런함이란 사실을 마주한다.

예전에 TV에서 하루에 3시간만 자고 성공한 사람의 이야기를 봤다.
사실 3시간 자는 것이 중요한 것이 아니라 7시간을 자도
자기 전까지 무엇을 얼마나 열심히 하느냐가 중요하다는 사실을

너무나도 잘 알면서 실천을 하지 않는다.

다 떨어진 능소화를 지나치는 퇴근길.

내년에 능소화가 다시 필 때쯤엔 나도 조금은

활짝 피었다고 당당히 말할 수 있는 사람이 되어있길….

40

그림자의 길이

어렸을 땐 그림자를 동경했다. 쭉쭉 늘어난 팔다리에 주먹만 한 머리, 8등신은 기본, 12등신이 되어버린 그림자를 보면 마치 어른이 된 듯한 느낌이 들어 노을빛에 늘어난 그림자를 보면 참 좋았다.

하지만 어느덧 20대의 후반, 바쁘면서 의미 없는 하루를 보내고 돌아오는 길, 늘어진 그림자를 보면 더 이상 늘어나고 싶지 않았다. 스스로의 삶을 책임져야 하는 부담감, 이제까지 뭐하고 살았나 하는 허무함, 앞으로 잘할 수 있을까 하는 불안감. 늘어난 것이 팔다리뿐이라면 좋았으련만 덩달아 늘어난 마음의 짐을 감당하기엔 나는 아직 정오의 그림자처럼 작디작은 어린아이다.

터덜터덜, 오늘도 한층 더 길어진 그림자를 끌어가며 집으로 돌아온다.

퇴계로34길
Toegye-ro 34-gil
충무로
호프
호프
치킨

41

신호등

때때로 기다림이 강요되는 순간이 있다.

쉬어도 좋다. 한 번 숨을 고르는 그 시간.

잊지 말아야 할 것은

찾아올 기회를 놓치지 않기 위해서 끊임없이 목표를 바라보는 것.

42

잣대

누군가에게 버려진 저 공이 나에겐 좋은 사진의 소재가 되듯
무언가를 판단하는 기준은 사람마다 다르다.
그러니 부디 타인의 잣대로 누군가를 판단하지 말아줬으면 한다.

사실 그것보다 더 중요한 것은
타인의 잣대를 스스로 가두지 않는 일.

43

흔들리기에 아름답다

가끔 삶을 되돌아보면 평범한 인생에 "지금 하는 일이 맞는 걸까?", "나는 잘하고 있는 걸까?"를 되뇌며 작은 바람에도 내 마음은 흔들리고 흔들렸다.

그러다가 문득 집에 놓인 화분이 보였다. 바람 한 점 없는 이곳에서 핀 꽃은 이상하게 예쁘지 않았다. 생각해보면 그저 초록색일 뿐인 봄날의 청보리밭이 그렇게 아름다운 이유도, 가을이면 색이 다 빠져버린 갈대밭을 보러 수많은 사람이 몰리는 이유도 흔들리기 때문이다. 흔들리는 잎이기에 살아있음을 느낄 수 있다.

화창한 봄날, 흩날려야 할 벚꽃이 내던져진 돌덩이처럼 그저 아래로만 떨어진다고 생각해보면, 그것은 세상에서 가장 참혹한 분홍색 풍경일 것이다. 그러니 흔들림을 다그치지 않아도 된다. 애써 스스로를 무미건조한 일상으로 초대하지 않아도 된다.

흔들어주면 깊은 향을 내는 와인처럼, 지금 그 흔들림이 너의 향을 짙게 해줄 것이다.

지금 흔들리는 너의 모습 또한 충분히 아름답다.

44

카메라 앞에서

카메라 앞에서 자연스러운 표정을 짓는다는 것은
내가 얼마나 예쁘고 잘생겼느냐의 문제가 아니라
내가 스스로를 얼마나 사랑하는가의 문제일 것입니다.

멋지고 예쁘지만 자기를 부끄러워하는 사람보다
스스로 자신의 모습에 만족하고 당당한 사람들이
오히려 카메라 앞에서 더 빛나기 마련이죠.

사실 이건 카메라 앞에서뿐만이 아니에요.
스스로를 사랑하는 사람이 회사에서도 친구들 앞에서도
당당히 자기의 의견을 말하고 자신감이 넘치죠.

세상에 완벽한 사람은 없어요.
그러니 자신을 부끄러워하기보다 당당하게 웃어주세요.
그게 가장 멋진 당신입니다.

45

열정에 가격을 매기지 마라

아마추어든 프로든 상관없이
그 결과물 따위 또한 전혀 상관없이
누군가의 열정은 어떤 이유에 있어서도 결코 무시 받을 수 없다.

46

아버지들의 수다

소방서에서 공익을 할 때 야근을 많이 했다. 야근이라고 해도 밤을 새우는 것이 아니라 자다가 신고가 접수되면 일어나서 출동하는 방식인데, 이른 저녁에 출동이 없으면 반장님들끼리는 동네 아줌마들 부럽지 않게 엄청난 수다를 떨었다. 스포츠 이야기, 돈 이야기, 때론 야한 이야기도 하시는데, 하루는 무겁고 쓸쓸한 이야기가 나온 적이 있다.

머리가 반쯤 빠지신 과장님께서 먼저 이야기를 꺼내신다.

"요새 애들 둘 키우는 게 뭐가 그렇게 힘든지 모르겠다. 대학생 둘이 되니까 등록금에 방값에 힘들어 죽겠다. 너는 젊을 때 좀 힘들어도 돈 좀 모아둬, 안 그럼 나중에 힘들다."

말투에 소리 반, 공기 반도 아니고 소리 반, 한숨 반이다. 몇 초의 공백이 지나가고 이야기를 잇는 것은 초등학생, 중학생 자식을 둔 반장님이었다.

"안 그래도 지금도 힘들어요. 우리 집사람은 애들 학원 간 시간에 시간당 6,000원 받으면서 분식집에서 일해요. 애들 학원비가 뭐 그렇게 비싼지."

이야기가 끝나자 또 잠시 있다가 고등학생, 대학생 자녀를 둔 반장님께서 말씀하신다.

"근데 참, 요즘 돈도 돈인데 애들 키우는 재미가 없는 것 같아요. 퇴근해서 집에 가면 큰 놈은 대학 때문에 서울 올라갔지, 작은 놈은 학원에 있지, 와이프는 식당 늦게 끝나서 나보다 늦게 들어오지. 아휴, 밥 차려 먹는 것도 일이야."

그리고 적막이 흘렀다. 아줌마들의 이야기에선 한 아줌마의 이야기가 끝나면 다른 아줌마들이 파이팅 넘치게 맞장구를 쳐주시면서 깔깔대시는데, 아저씨들 이야기에선 그저 소리 없는 맞장구만이 오고 간다. 보통 웃어넘길 가벼운 이야기를 하는 반장님들이 그날따라 왜 다들 감성 열매를 드셨는지는 모르겠지만, 아버지들끼리 있는 자리이기에 마음속의 고민을 속 시원하게 이야기하신 것 같다. 이야기를 듣고 있다 보니 문득 지금은 주무시고 계실 아버지가 생각났다.

아버지는 경찰이라는 직업에 맞게 참 올바른 분이셨다. 항상 새벽부터 일어나 내가 일어날 때쯤 출근을 하셨다. 힘겹게 일을 마치시고 오시면 집에 돌아와도 아버지를 반겨주는 사람은 없는 날이 많았다. 나는 소방서 출근이 교대 근무라 밤에 출근할 때도 많았고, 그렇지 않은 날도 나가서 사람 만나는 것을 좋아해 저녁에 퇴근하면 집보다는 다른 약속을 잡는 날이 더 많았다.

사실 집에 있어도 이미 커버린 내가 아버지와 수다를 떠는 일은 없었다. 형도 마찬가지였다. 그나마 아버지의 말벗인 어머니는 식당을 하셔서 우리 가족 중에 가장 많이 일하시고 10시에 퇴근하시기 때문에 집에서 아버지는 항상 고독하셨다. 그런 아버지의 친구는 집안일이었다. 온종일 일하셔서 힘들었을 법한데, 청소며 빨래, 설거지까지 모두 아버지께서 하셨다. 이 글을 쓰면서 정말 죄송하고 후회하는 마음 가득하지만, 그때의 나는 기껏해야 내 방 청소와 내가 먹은 그릇을 설거지하는 정도가 끝이었다. 그나마 내가 귀찮아서 미룬 설거지도 조금 있다가 나와서 하려고 보면 항상 해두신 아버지였다. 그런 아버지에게 사랑한다는 말은커녕, 감사하다는 말조차 한 번 해본 적이 없는 나다. 지금 생각해보면 참 외로우셨을 것 같다. 지금이야 내가 대학교 때문에 타지에서 자취를 하고 있지만, 그때는 공익 근무 때문에 같은 지붕 아래 있었는데도 아버지에게 싹싹하게 술 한잔하자고 먼저 해본 적이 없었다. 그리고 생각했다. 우리 아버지도 어디선가 아버지들끼리의 대화에서 외로움을 이야기할 수도 있겠다고. 그 생각을 하니 반장님들의 수다에 괜스레 눈물이 핑 돌아버렸다.

구석에서 조용히 코를 먹던 소리를 들었던 것이었을까? 반장님들이 이야기를 바꾼다.

"석준아, 그러니까 너는 결혼하지 마라. 혼자가 편하다. 이건 지옥이야 지옥."

애써 슬퍼하는 나의 마음을 위로하기 위해 모른 척 웃어넘길 실없는 농담을 하신다. 제기랄, 이런 타이밍에서까지 아버지들은 쓸데없이 착하다. 바보 같은 양반들.

47

가지 않은 길

가지 않은 길은 왜 그토록 꽃길로만 보이는가?

수많은 갈림길에서 안타깝게 내 몸뚱이는 한 개뿐이라 갈 수 있는 길도 단 한 가지뿐. 이미 걸어온 나의 길은 날카로운 가시밭길이었다. 되돌아가기엔 너무 멀리 와버린 것일까, 돌아갈 엄두는 나지 않는다.

걷기를 멈추고 잠시 쉬는 시간, 문득 돌아본 가지 않은 길은 참 아름다워 보인다. 활짝 핀 꽃에 향기가 가득해 보이는 가지 않은 길을 나는 동경하였다. 어쩌면 그 길에도 바닥은 진흙탕에 꽃잎 사이로 가시가 빼곡히 나 있을 수도 있지만. 그럼에도 멀리서 떨어져 바라본 그 길은 가려진 흠집은 보이지 않고 그저 화려한 꽃만 보이기에, 가지 않는 길은 언제나 아름다워 보인다.

다시 걸어야지. 후우, 숨을 크게 쉬고. 나의 길도 언젠가 꽃이 활짝 피길 바라며.

Ps.

사실 살아오며 만약 그때 다른 선택을 했다면 더 편하게 살 수 있었을까, 지금 이 길이 아니라면 더 행복할 수 있었을까 하는 쓸데없는 생각을 합니다. 물론, 만약 지금 선택하지 않은 그 선택을 했다면 지금의 저를 동경하는 멍청한 제가 있었겠죠. 아이러니한 인생.

48

시간과 사과와 나

내게 시간은 사과나무에서 떨어진 사과였다.
나의 시간은 중력의 강한 끌림을 받고
떨어지고 있다, 나의 의지와는 전혀 상관이 없이.

어리석게도 나는 맨 처음 떨어지는 순간
이 비행이 아직 아주 길고 긴 비행이 될 줄 알았다.
하지만 가속도라는 녀석은 무섭게도 나의 시간을
점점 더 빨리 끌어당겼다.

정신을 차려보니 이미 20대 후반

잔인한 것은 지금도 나의 시간은 더 빠른 속도로 떨어지고 있다.
멈출 방법은 없거니와 늦출 방법조차 없는 시간이란 녀석의
지독하고 끔찍한 자유 낙하.

정신을 차리면 바닥에 떨어져 깨진 사과가 되어버릴 내 시간이지만,

그렇기에 떨어질 결과에 낙담하기보단 남은 비행을 좀 더 즐기기를.

49

그때, 그때의 그때

스무 살, 기타 동아리에 가입해서 기타도 치고 공연도 하며 많은 사람을 만났고 부회장까지 하며 동아리 활동을 하였다. 그때의 나는 미친놈이었다. 수업을 가는 날보다 동아리 방에 가는 날이 많아 결국 학사 경고를 받았다. 결국 학업과 병행할 수 없어 휴학을 하니 부모님의 용돈이 끊겨 아르바이트를 해야 했다. 타지에서 대학을 다니던 나였기에 자취방비와 생활비를 동시에 해결해야 해서 아르바이트를 짧게 할 순 없었는데, 동아리의 특성상 공연을 준비할 땐 한 달 전부터 매일매일 동아리를 나가야 했기 때문에 평일 아르바이트를 구할 수 없었다. 그래서 주말에 피시방에서 하루 17시간을 일해서 주말 48시간 중 34시간을 그곳에서 지냈다. 주변에서도 많이 그랬지만, 그때의 나는 분명 미친놈이었다.

덕분에 다른 친구가 내게
"그렇게 해서 남는 게 뭐야?"라고 물을 때가 참 많았다.
솔직히 남는 것은 없었다. 그래도 나는 이렇게 말했다.
"너는 2년이란 시간 동안 한 가지에 미쳐서 달려본 적이 있냐?"

그리고 지금, 나는 정상으로 돌아왔다. 평생 사라지지 않을 것 같던 손끝의 굳은살은 물렁물렁해졌고, 매일 갈 것 같던 동아리 방은 이제 후배들의 자리가 되었다. 일주일에 하루를 빼고 술을 마시던 친구들은 각자의 삶을 바쁘게 견디고 있다. 조금 안타깝고, 조금은 쓸쓸했다. 무엇보다 가장 안타까운 건, 그때의 순수한 열정을 내게서 더는 찾을 수 없다는 것이다.

내가 지금 할 수 있는 것은, 그저 맥주 한 모금을 머금으며 "그땐 참 좋았는데." 하며 그때의 나를 회상하는 것.

돌아가고 싶다. 돌아가고 싶다. 이루어질 수 없는 헛된 꿈이지만 그 꿈만을 꾸는 것만으로 너무 행복하니, 오늘도 나는 돌아가고 싶다는 말을 반복하며 그날을 꿈꾼다.

그리고 10년 뒤, 내가 지금 이 책을 본다면 분명 또 이렇게 말할 것이다.

"아 그때의 나로 돌아가고 싶다."

50

가식

사진을 찍는 입장에서 찍히는 입장이 되면 새삼 자연스러운 표정을 인위적으로 한다는 게 얼마나 대단한 일인가 하는 생각이 든다.

그런데 생각해보면, 우리는 사회에선 웃기지 않는 상황에서도 억지웃음을 아주 자연스럽게 하고 있다.

51

잘하는 vs 좋은

현상된 필름 사진을 보다 보면 내 사진이 얼마나 장비발인가 느끼게 된다. 노출이 과한 사진부터 초점이 엇나간 사진까지.

그러다가 잘 찍진 못해도 유독 마음이 가는 사진을 발견한다. 그냥 어떤 이유든 내가 좋은 사진.

반대로 아무리 초점이 맞고, 황금 분할 구도로 잘 찍은 사진이라도 마음이 가지 않는 사진이 있다.

결국 사람이나 사진이나 '잘'하는 건 중요하지 않다. 그냥 '좋은' 게 좋은 거다.

누군가가 나를 소개할 때 잘하는 사람이 아니라 좋은 사람이라고 소개해주길 바라며 살아야지.

헤어텍

52

부모님과 사진첩

여러분에겐 마음이 편해지는 특정한 공간이 있나요? 저에겐 바다가 그런 공간이었습니다. 뻥 뚫린 시야와 철썩철썩 쏴아아-, 어떤 의성어로 표현해야 할지 모르겠지만 너무나도 듣기 좋은 파도 소리. 때문에 간혹 연휴가 되면 혼자서 바다로 가는 버스에 몸을 싣곤 합니다.

2018년 4월, 5월 1일 근로자의 날이 껴있는 황금연휴, 강릉행 버스에 올랐습니다. 도착한 곳은 안목 해변. 카페 거리가 있는 강릉의 대표 해변으로 사실 한적함을 기대하고 간 곳이지만 시기도 시기인지라 많은 관광객이 붐벼 제 취향은 아니었던 곳입니다.

하지만 바다는 사람이 적다고 파도를 덜 보여주는 것도 아니고 사람이 많다고 더 멋진 노을을 보여주는 것이 아니기 때문에, 그날도 바다는 아름다운 에메랄드색 그라데이션을 보여줬습니다. 이 풍경을 간직하기 위해 셔터를 누르고 있었는데, 문득 한 가족이 눈에 들어왔습니다.

쪼끄마한 여자아이와 더 쪼끄마한 남자아이와 함께 온 부부. 아이들의 모습을 담기 위해 연신 셔터를 누르는 엄마와 아빠의 모습. 그 모습을 보니 몇 년 전 본 가족 사진첩이 떠올랐습니다.

사진첩에는 형과 나의 모습, 그리고 간혹 어머니의 손을 잡고 있는 나와 형, 혹은 아버지 품에 안긴 형과 저의 모습만 보였습니다. 4명이 같이 나온 사진은 극히 드물었습니다. 풍경 사진은 0. 바다에 갔음에도 바다는 코딱지만큼 나오고 코딱지를 파고 있는 형과 저의 모습만 사진 가득히 나왔습니다.

결국, 부모님 눈엔 형과 나만이 보였던 것입니다. 한 장이라도 우리의 모습을 간직하고자 몇 장 없는 필름에 자식들의 사진만 빼곡히 찍었겠죠. 사진을 제대로 찍는 사람이 아니라면 삼각대라는 것은 상상도 못했을 아날로그 시대. 4명의 가족이 모두 나온 사진은 지나가는 사람에게 부탁해서 찍은 오직 한 장, 그마저도 제대로 안 나오면 그 여행에 가족사진은 없는 것이죠.

그렇게 집에 있는 수많은 사진첩에는 형과 나만이 가득합니다. 가장 예쁘고 멋있을 젊은 부부 시절의 부모님 모습은 기록하지도 못한 채 말이죠. 더욱 마음이 아픈 이유는 그나마 그 사진도 저와 형이 머리가 크고 더 이상 이어지지 않았다는 것입니다. 고등학교 땐 수능을 핑계로, 대학교 때는 취업을 핑계로 가족여행은 가지 않았지만, 사실 그사이 혼자서 혹은 친구들과 많은 여행을 다녔습니다. 가족 여행은 머리가 크고 오직 한 번, 그것도 부모님이 모든 비용을 부담하여 준비했던 중국 패키지여행이 전부.

서울로 취업을 하고 바쁘다는 핑계로 고향을 자주 가지 않았습니다. 설날 이후 부모님을 본 것은 고향에 내려가서가 아니라 아버지께서 무릎 수술로 서울에 입원하셔서 병문안을 가서였습니다. 오래간만에 본 어머니는 제게 카카오톡 프로필 사진이 참 예쁘다고 사진 원본을 보내달라고 하셨습니다. 아들 프로필 사진들을 보면 참 예쁜 사진이 많다고 좀 보내달라고. 사실 이 말은 몇 년 전부터 들었지만 보내드린 적이 없습니다. 괜스레 오그라들어서 못 보내겠더라고요. 이 글을 쓰며, 일 년에 몇 번 보지도 못할 아들을 카카오톡 프로필 사진에 들어가 한 장 한 장 넘겨보는 어머니를 생각하니, 모두 행복해 보이는 여행지에서 혼자 눈물이 핑 돌아버립니다.

올해에는 가족과 여행을 가야겠습니다. 사진을 취미로 한다면서 제대로 가족을 찍은 적이 단 한 번도 없는데, 더 늦기 전에 부모님의 사진을 많이 찍어 드려야겠습니다. 15년 전부터 더 이상 이어지지 않았던 가족 사진첩을 조금씩 채워가야겠습니다.

오늘따라 유난히 투명한 바다가 아름답습니다.
그렇기에 더 씁쓸한 바다입니다.

53

돕는다는 게
왜 힘든 일이 되었나

주린 배를 채우기 위해 떡볶이를 사러 가는 밤길, 태풍이 지나가는 마지막이라 그런지 비는 오지 않았지만 바람이 제법 불던 날이었다.

떡볶이를 살까 치즈떡볶이를 살까 고민하는 중 눈에 들어온 종이를 줍는 할아버지. 바람 때문인지 흩어진 종이박스를 줍고 계셨다. 다리가 불편하신지 한걸음에 10cm 남짓 잔걸음으로 종이 박스를 주우러 가면 바람에 더 멀어지는 박스들.

'신경 쓰지 말자, 물에 빠진 사람 구해주면 짐 내놓으라고 하는 세상이다.'

할아버지와 멀어질수록 무언가 내 다리에 착 달라붙어 점점 무거워지고 괜스레 눈앞이 침침해진다. 머릿속은 천사도 악마도 아니지만, 열심히 싸우는 두 개의 생각 때문에 떡볶이와 치즈떡볶이는 잊힌 지 오래.

'이럴 거면 돌아가자.'

뒤를 돌아 할아버지가 있는 곳으로 돌아가려니 걸어오기 그렇게 힘들었던 그 길이 이렇게나 가벼운 발걸음이 될 줄이야.

역시나 되돌아갔는데도 아직도 박스를 줍고 계시는 할아버지. 떨어진 박스들을 줍고 작은 손수레에 올려 날아가지 않게 꽁꽁 묶어드리는데 정말 1분 남짓한 시간밖에 걸리지 않았다. 다 도와드리고 나서야 할아버지는 느린 말투로 고마움을 표시하였다.

"고마워요. 젊은이!"

그 한 마디에 괜스레 눈물이 날 뻔했다. 도와드렸다는 뿌듯함도, 할아버지가 조금은 편하게 가실 수 있다는 마음의 평온도 아닌 그저 부끄러움으로 가득해져 새빨개진 나의 얼굴.

도와드리면 고작 1분 남짓한 그 시간을 난 얼마나 편하게 살겠다고 무심하게 앞으로 걸어갔을까? 나의 마음을 흉흉하게 만들었던 것은 흉흉한 세상이 아니라 그런 세상을 핑계로 손 한번 쉽게 뻗으려 하지 않은 나 자신이었다.

그럼에도 솔직히 자신이 없다. 할머니가 길을 알려달라고 해서, 골목으로 들어가면 누가 납치해 간다는 괴담이 넘치는 이 시대에 또 고민

없이 손을 내밀 수 있을까?

떡볶이를 사 들고 돌아오는 길, 떡볶이는 분명 손에 들었는데 되려 묵직해진 발걸음으로 집으로 돌아온다.

54

횟집 물고기

죽은 고등어처럼 초점 풀린 눈으로 침대에만 누워있는 주말
펄떡이는 심장을 느끼고 싶어 운동화 끈을 동여맸다.

화려한 전광판과 회색빛 연기가 가득한 거리, 그리고 그 거리를 가득 메운 사람들
하얀 연기를 뻐끔뻐끔 내뿜는 사람들과
새빨간 눈알로 누군가를 열심히 찾는 사람들

이 사람들은 자기가 살아 있다는 것을 어떻게 알까?
저기요, 살아 있다는 것은 무엇인가요?

그러다가 문득 눈에 들어온 횟집 수족관
물고기 몇 마리가 힘없이 주둥이만 뻐끔뻐끔
며칠 혹은 몇 시간 뒤, 이 물고기는 죽고 말겠지.
그렇다면 이 물고기들은 살아 있다고 할 수 있나?

그렇다고 이 물고기들을 죽어 있다고 할 수 있나?

수족관 안의 물고기가 수족관 밖의 물고기에게 물었다.

"넌 살아 있는 거니, 죽어 있는 거니?"

다른 물고기가 물었다.

"넌 왜 수족관에 갇혀 있는 거니?"

아무 말을 할 수 없었다.

할 수 있는 것이라곤 스스로 만든 수족관 속에서 의미 없는 뻐끔거림을 반복하는 것.

무의미한 눈알들이 서로 마주 보고 있다.

횟집 사장이 나와 물고기 한 마리를 건져간다.

그 물고기는 그제야 목숨이 아까운지 있는 힘껏 펄떡여 본다.

펄떡펄떡 뻐끔뻐끔

펄떡펄떡 뻐끔뻐끔

55

스쳐간 인연 모두

예전처럼 명절마다 전화번호부의 모든 사람들에게
하나하나 안부 연락을 드릴 온기는 잃어버렸지만
그래도 내 인생의 한순간을 함께 그려간
모든 인연들이 어떻게 지낼까 궁금하다.

고등학교 때 같이 농구하던 녀석들
대학까지 와서 기타만 치고 놀았던 동기들
같은 목표로 최선을 다했던 크고 작은 대외 활동 팀원들

그 외 사직 소방서 직원들, 과 동기들, 은사님들
심지어 나와 사귀어준 몇몇 옛사랑들까지

앞서 말했듯이 다시 연락할 마음을 잃은 지는 오래다.
물론 귀찮은 것도 있지만

어쩌면 끈끈한 무언가로 얽혔던
지난날의 추억을 애써 꺼내려다
어색해진 안부 인사로 마지막 기억이 덮이는 것이
솔직히 두렵기도 하다.

그러니 직접 연락해 잘 지내냐고 물을 용기는 없지만
부디 어딘가에서 잘 지내주세요
내 스쳐 간 인연들 모두.

56

조금만 더 힘내세요

나는 명언이나 의미가 담긴 문장들을 참 좋아한다. 그중 내가 좋아하면서도 싫어하는 문장은 “힘내지 않아도 괜찮아.”라는 문장이다.

참 힘이 되는 문장이다. 어떤 모습의 나라도 감싸준다는 저 따뜻한 문장에 왈칵 기대고 싶어지는 편안한 문장이다. 그럼에도 현실에 안주하게 되고 달려온 나의 긴장감을 풀어버리는 문장이기도 하다.

사실 나에게 조언을 구하는 많은 사람에게 “힘내지 않아도 괜찮아.”라고 말해왔다. 하지만 이제 저 문장은 위로를 바라는 친구에게만 해주는 말이 되었고, 조언을 듣고 싶은 친구에게는 항상 이 말을 해주었다.

“조금만 더 힘을 내.”

사실 조언을 구하는 대부분 상황은 어설픈 조언 하나로 해결해줄 수 없는 경우가 많다. 그리고 조언을 바라는 사람은 대개 목표가 있고 진취적인 사람이 많다. 그렇기에 꿈을 이루지 못하는 좌절감과 미래에 대한 걱정이 자신을 괴롭히는 사람이 조언을 구할 땐 나는 항상 이 이야기를 해준다.

물의 끓는 점. 물은 100℃의 온도에서 끓는다. 아무리 열심히 열을 가해도 그 물이 그저 99℃에 멈춰 있다면 결코 물은 수증기를 만들어내지 않는다. 너의 노력 또한 그렇다. 네 목표를 이루기 위해서 아무리 노력하여도 100℃가 되지 않으면 그저 한순간 뜨거웠던 물에서 끝나고 만다. 그러니 힘들고 지칠 수 있지만, 좀 더 힘을 내라고 말해주고 싶다. 조금만 더 해서 딱 그 1℃만 올릴 수 있다면 분명 너는 그 노력들이 전혀 아깝지 않을 것이니까.

그러니까 꿈과 목표가 있다면, 그리고 잠깐 뜨거웠던 사람이 아니라 펄펄 끓는 당신의 모습을 보고 싶다면

조금만 더 힘내세요.

57

마지막이 아닌 끝

중학생 때 처음으로 끝이란 단어의 의미를 안 것 같았다. 중학교 3학년이 끝나고 졸업을 앞둔 나와 친구들은 서로 다른 고등학교를 진학하게 되었다. 특히 한 명은 전주의 특수 고등학교로 진학하게 되어 분명 매일을 함께 보내는 지금의 일상은 끝나버리고 말 것이었다. 그게 내가 처음으로 끝이 슬프다는 것을 느낀 순간이었다.

고등학교 졸업식, 또다시 나의 행복했던 일상이 끝나려 하고 있었다. 더 이상 수업 땡땡이도 칠 수 없고, 철없이 반항하고 웃고 떠들 수 없을 것 같다는 안타까움과 대상 없는 섭섭함이 몰려오는 순간. 끝이라는 단어에는 새로운 시작이 뒤따라온다고 하지만, 그거와는 별개로 끝은 항상 쓸쓸한 씁쓸함을 동반했다.

동아리 임원 생활이 끝났을 때도 끝이라는 단어가 또다시 내게 찾아왔다. 2년 동안 열심히 달려온 이 생활을 더 붙잡고 있고 싶어도 멀리 떠나가는 순간. 자기의 역할을 마친 친구들도 하나둘 군대로 떠나서 이제 내겐 맥주를 함께 마셔줄 친구가 남지 않게 되었다.

그리고 4학년인 나는 또 다른 끝을 앞두고 있다.

졸업.

다시는 학생이란 타이틀을 내게 붙일 수 없게 되었다. 조만간 종강을 하면 나는 학교를 떠나 다시 고향으로 돌아갈 것이다. 하지만 이번 끝은 사실 아무런 걱정이 되지 않는다. 나는 끝이 마지막이 아니라는 것을 알았다.

다른 고등학교를 진학하게 되어 다신 볼 수 없을 것 같았던 친구들은 다른 고등학교를 진학하였음에도 내 생일에 집으로 찾아와 케이크를 선물해주었고, 같은 학원에서, 같은 고시원에서 지겹도록 보았다.

고등학교 졸업 후 끝날 것 같던 나의 철없는 생활과 재미있는 일상은 오히려 더 말릴 수 없이 유쾌하고 즐거운 시간으로, 오히려 술까지 추가되어 돌아왔다.

임원이 끝나서 볼 수 없을 것 같던 친구들은 군인 주제에 지겹도록 전화를 해서 일부러 받지 않을 정도였고, 복학하기 전까지 갈 일이 없을 것 같던 동아리 방은 휴가를 써서 시도 때도 없이 놀러 갈 수 있었다.

그렇게 보니 분명 그 순간의 끝은 있지만, 그것이 마지막은 아니었다. 그 순간을 추억하는 내가 있었고, 함께 그리워하는 누군가가 있었다. 그리고 그때보다 나이 먹은 나지만, 철없는 나로 돌아가게 해줄 수 있는 술이란 녀석이 있었다. 때문에 끝나버린 그 시간이 마지막이 아니었다.

그러니 끝에 서 있는 것이 물론 서운하고 안타깝지만, 우울하고 낙담하진 않으려 한다. 그 흘러가 버린 시간들은 그냥 스쳐 지나간 것이 아니라 내 마음속을 가득 채워갔으니.

이 시간들을 기억하고 있는 한 결코 그 끝은 마지막이 아니니까.

나의 작은 사진전

2016_충남대 건물 어딘가

빛은 그림자를 만들어준다. 너는 나를 만들어 준다.

Light Makes The Shadow. You Make My Everything.

2013_청주 수암골 전망대

저 자물쇠를 매단 연인들은

지금쯤 저 자물쇠처럼 채워져 있을까,

아니면 글씨처럼 빛 바랜 추억으로만 남았을까?

2016_충남대 경상대 입구

빛도 앉아 쉬어가는 곳

The Place To Light's Rest

2016_대전 충남대 공대2호관

빛이 들어오는 문

The Door To Come In Light

2015_서울 선유도 공원

네가 있던 곳

The Place Where You Were

2015_동해 묵호항

오징어잡이배

Ship of Squid Hunting

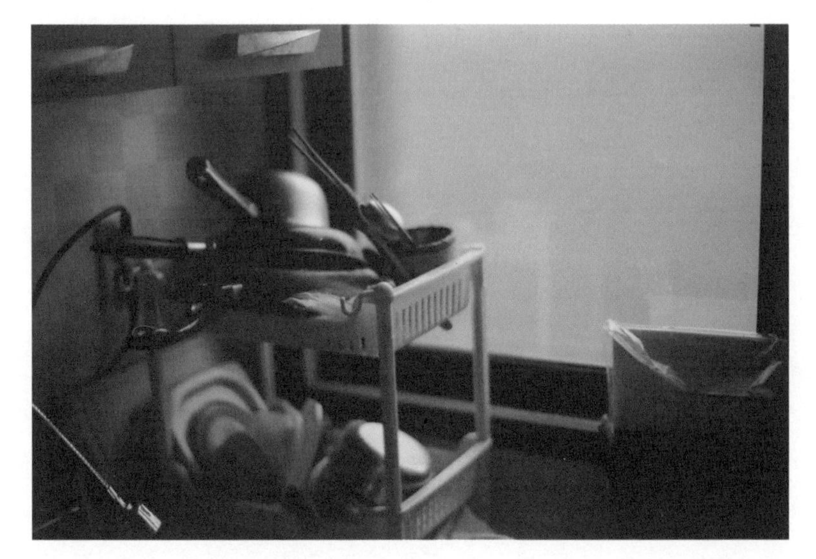

2016_대전 내 자취방

나의 첫 필름사진

My First Film Photo

2016_대전 충남대 쪽문 주차장

뭘 찍는지는 안 알려주지.

Don't Show What He Look At.

2016_일본 오사카 전철

만화 속 한 장면

One Scene of Animation

2015_라오스 루앙프라방

탁발

Religious Mendicancy

2015_라오스 루앙프라방

가난하다고 꿈조차 가난할 수는 없다.

Poverty Can't Make Dreaming Poor.

2015_동해 묵호항 어딘가

매일같이 떠오르는 태양인데 유독 1월 1일의 태양은
누군가에겐 뭉클하고 또 누군가에겐 각별하다.

새벽같이 일어나 신에게 빌어보는 소원,
아니 정확히는 올해의 나에게 내리는 숙제들은
아마 몇 달 혹은 며칠 후면 잊혀질 마음들이지만

그때는 그때의 마음으로 새로운 꿈과 열정이
자라나는 나이기를, 언제나 꿈꾸는 나이기를
신정을 핑계로 간절히 간절히 소망해본다.

2016_서울 홍대 글로리펍앤카페

카페: 가을

Cafe in Fall

2016_대전 궁동 라드커피

카페: 여름

Cafe in Summer

2016_순천 순천만 갈대밭

푸른 것이 강물인지 밤하늘인지 모르겠지만

물결에 춤추는 불빛이 아름답다.

Blue River, Blue Night Sky and Dancing Light.

2013_청주 사직동 아파트단지

나도 손잡아드려야겠다.

Take Your Mother By The Hand.

2014_대전 갑천변에서 바라본 하늘

적란운

A Cumulonimubs

2016_일본 교토 기온거리

기온거리

Gion Street

2014_대전 유성 유림공원

무엇을 보고 있는 거니?

What are they looking?

2016_보령 장현리 신경섭 가옥

사진사

Photographer

2016_대전 충남대 도서관

모르는 번호라도

I Wish, but I Can't

2016_일본 나라 거리

일본의 아침

Japan's Morning

2016_일본 교토 거리

평온한 거리

Japan's Street is Peaceful

2016_일본 게로 거리

여고생

High School Girl

2016_일본 교토 거리

퇴근길

On My Way Home From Work

2015_경주 양동마을

한국의 멋, 양동마을

Yangdong Village

2016_순천 순천만 갈대밭

여행자

Traveler

2019 _카메라 수리점

자존심(自尊心)만 앞선 이 시대에

손 때 묻은 도구, 뿌옇게 변한 유리 벽장에서 느껴지던

장인(匠人)의 깊이 있는 자긍심(自矜心)

2017_반포 밤도깨비 야시장

서울을 살면 '서울도 별거 없네.'라고 생각이 들지만

이따금 고향을 오면 '서울이 참 많은 게 있었네.'라고 생각하게 된다.

좋지만 싫증나는, 또 별로지만 딱히 이만한 곳이 없는 도시, 서울

2016_충남대학교

혼자만의 시간 1

Alone time 1

2016_일본 어느 선술집

혼자만의 시간 2

Alone time 2

2017_서울 어느 역

물론 그냥 가만히 있어도
어디론가 흘러가긴 하겠지만

목적지가 있었으면 좋았을 텐데
어떤 꿈이라던가, 어떤 사람이 말야.

그럼 적어도, 그 과정이 이토록
쓸쓸하고 외로운 색은 아닐 테니까.

2018_제주 광치기 해변

아빠 10초만 앞에 보고 있어.

엄마 아빠 팔짱 끼고 있어봐.

딸아, 이렇게까지 해야 하니?

Dad, just look ahead for 10 seconds.

Mom, hold dad's arm.

Daughter, do you have to do this?

2017_서울 하늘공원

여행자 2

Traveler 2

2018_제주 모카다방

카페: 봄

Cafe in Spring

2017_서울 여의도

퇴근길 지친 발을 끌며 돌아가는 길

하늘을 바라보면 새빨간 노을이 조용히 말해줍니다

너의 하루는 이토록 뜨거웠노라고.

2018_강릉 안목해변

보름달을 보면 당신을 떠올리는 이유는

동그란 달이 그대 얼굴을 닮아서 일까,

빛나는 저 달이 그대의 모습 같아서 일까,

아니면 저 보름달처럼 가득 차올랐던 내 마음 때문일까?

2018_서울 익선동

가만히 있어도 콧물이 줄줄 흐르는 날씨에
누군가는 겨울은 없었으면 좋겠다고 말하지만

계절은 저마다의 색을 품고 있기에
추위를 탓하기보단 그 순간만이 보여주는
풍경을 지그시 감상하고 싶다.

물론, 실내에서

2019_대만 타이베이 어딘가

그곳에선 매일 반복되고, 그저 평범한 모습들이

내게는 너무나도 낯설고 동시에 특별하기에

여행이란 단어는 아무리 들어도 가슴이 뛴다.

2015_서울 하늘공원

물들어 간다는 것

조금씩 천천히 너의 색으로

2015_라오스 방비엔 거리

주변에 보이는 것이 적어진 만큼

평소 보지 못한 마음 속 무언가를

더 들여다 볼 수 있는 시간

2015_라오스 방비엔 거리

일본 음식을 판다고

애국심이 없는 건 아니잖아요?

They sell Japanese food.

But, It's not without patriotism, is it?

Chapter 4.

쓸데없는 생각인데
이상하게 맞는 말
그래도 여전히
쓸데없는 생각

58

Arts make another arts

얼마 전 김원 작가님의《좋은 건 사라지지 않아요》라는 책을 읽었다. 이 책을 읽어야겠다고 생각하게 된 이유 중 하나는 제목 때문이었다. 얼마나 달달하고 행복한 문장인가. 그러다 얼마 전 TV에서《쇼생크 탈출》을 오래간만에 다시 감상하게 되었다. 한참을 몰입하며 봤더니 어느덧 막바지, 주인공 앤디 듀프레인이 친구 레드에게 쓴 편지에 "좋은 건 절대 사라지지 않아요."라고 언급하는 장면을 보게 되었다. 영화가 끝나고, 김원 작가님이 책의 제목을 붙이는 데 분명 이 영화의 저 장면이 영향을 줬을 것이라는 생각이 들었다. 이 영화 하나로 그 책을 썼다고는 못하겠지만, 분명 하나의 이유는 되었겠지.

생각해보면 예술은 다른 예술에 영향을 준다. 가수 윤도현은 흰수염고래 관련 다큐멘터리를 보고 힘센 사람이 남을 무시하고 상처를 주는 현실이 아니라, 위협하거나 피해주지 않고 묵묵하고 조용히 자기의 갈 길을 가는 흰수염고래처럼 살아가자는 의미에서 노래 〈흰수염고래〉를 만들었다고 한다. 비틀즈의 음악을 들었던 많은 뮤지션들이 지금의 한국

록밴드를 이끌어 가고 있고, 이들의 음악을 들으며 홍대의 수많은 젊은 이가 새로운 꿈을 꾸고 있다.

문득 멋지다는 생각이 들었다. 누군가는 멋진 음악, 책, 영화 등 예술을 보고 감명받아 또 다른 작품을 만들고, 그것을 보는 다른 예술가도 새로운 꿈을 꾼다. 어쩌면 이 새로운 예술가의 작품으로 처음 감명을 줬던 예술가도 감명을 받아 또다시 새로운 작품을 만들 수 있겠지. 예술이란 꼬리에 꼬리를 물고 서로에게 신선한 자극이 되어준다.

사실 예술에 국한되어 있는 이야기는 아니다. 우리는 주변에 멋진 사람을 보면 보고 배우고 따라 하고 싶어진다. 친구가 여행을 가면 부러운 마음에 나도 여행을 가게 된다. 재미있는 것은 내가 여행을 갔다 오면 그것을 본 친구가 또다시 영향을 받아 여행을 또 가게 되고 나도 또다시 자극을 받는다는 것이다. 공부도 그렇다. 수많은 사람이 혼자 편안한 집에서는 공부를 못하겠다며 카페와 도서관으로 나온다. 그 이유 중 하나는 분명 공부를 하는 수많은 사람을 보고 자극을 받아야 나도 공부를 하겠다는 생각이 들기 때문이다.

내 삶을 보다 발전시키고 싶다면 좋은 작품, 그리고 좋은 사람을 옆에 두자. 나를 자극시켜주고 움직이게 해줄 수 있는 예술과 친구를 만나자. 그럼으로 보는 눈을 넓히고 생각을 보다 깊게 할 수 있는 사람이 되자. 그러면 나도 언젠가 멋진 사람이 되어서 누군가에게 자극이 되어 줄 수 있겠지.

이 글을 쓰게 영감을 준 김원 작가님과 《쇼생크 탈출》의 앤디 듀프레인 역 팀 로빈스 님께 감사하다는 말을 하고 싶고, 나중에는 누군가가 내게도 신선한 자극을 받을 수 있기를….

59

더러운 세상

조금은 불공평하게 조금은 불합리하게

썩은 물이 고인 곳에 맑은 물을 넣으면
맑은 물도 결국 썩게 되는데

맑은 물이 고인 곳에 썩은 물을 넣으면
썩은 물은 맑아지긴커녕 맑은 물마저 오염시키더라.

더러운 세상

60

사과의 이유

사과라는 건 말이야

상대방이 화가 났으니까 하는 것이 아니라

네가 잘못을 했으니까 하는 거야.

61

변화는 언제나
소리 없이

바뀌고 있다.

바뀌었나???

바뀌었나 보다.

62

아름다움이란 단어는 분명
가을에 만들어졌다

11월, 내 발걸음은 학교와 자취방을 왕복하는 것이 전부이기에 변화하는 가을을 느끼기엔 턱없이 부족한 동선이었다. 그런 내게 세상이 아직 아름답다는 것을 알려주기 위해 스스로 여행이라는 상을 주기로 했다.

그래서 떠난 보령 은행나무마을.

달리는 차창 밖에 펼쳐진 노란색 은행나무와 빨간색 단풍나무, 바닥을 수놓은 갈색 낙엽과 애써 시간을 외면하는 초록색 잎들까지. 형형색색의 풍경이 회색빛으로 살아온 내 일상에 색채를 더해준다.

행복하다. 아름다움이란 단어는 이 풍경을 보고 써야 하는 말이다. 그래!

아름다움이란 단어는 분명 가을에 만들어졌다.

쓸데없는 생각인데 이상하게 맞는 말 그래도 여전히 쓸데없는 생각

63

페미니스트

우리나라의 소설 혹은 일본 소설을 읽다 보면
60, 70년생 작가부터 80년 후반 작가들까지도
여성이 차별을 당하며 자라온 환경이 그려진다.

지금이야 상상도 못할 일이라고 생각이 되면서도
주변 사람들과 이야기를 하다 보면 이런 문화는
아직까지 아주 깊숙이 박혀 있다는 것을 알 수 있다.

페미니스트와 여성들이 말하는 여성의 권리가 궁금해서
책도 읽어보고 주변 사람과 이야기도 많이 했는데
가끔씩 나 또한 일상 속에서 여성 차별적인 가치관을
가지고 있다는 불편한 사실을 마주하게 된다.

이럴 때면 스스로 굉장히 부끄러우면서도 이 부끄러움을
부끄럽다고 꽁꽁 감추면 안 될 것 같다는 생각이 든다.

우리나라의 젠더 갈등은 심할 때보단 준 것 같지만
딱히 진전되고 있다는 생각이 들지 않는다.

문제에 대해 감정적으로 싸우다가 마음만 지쳐서
해결법은 찾지 않은 채 방치한 느낌이라고 할까
싸우기 싫으니 이야기도 꺼내지 마! 이런?

(쓰고 보니 그냥 내가 그렇게 생각해왔던 것 같기도….)

물론 서로의 젠더 감정을 완전히 이해할 순 없겠지만
불편하다는 이유로 꺼리기보단
계속 수면 위로 올려서 싸움이 아닌 대화로 풀어서

언젠가 양성이 서로 배려하는 날이 오기를
내 딸이 차별받지 않고 자랄 수 있는 날이 오기를….

ps.
거기에 현대 사회의 남성이 자연스레 겪는 차별도
한 번쯤 이슈화가 되었으면 하는 바람이 있다.

64

조선족,
같은 피가 흐르는 중국인

중국으로, 동북 3성으로 6박 7일 역사 연수를 다녀온 적이 있다. 7주일에 2,000km를 가야 하는 드넓은 중국이었기에 연수에는 가이드가 필요했고, 연변 출신의 조선족 아저씨께서 가이드를 해주셨다.

조선족. 연변 사람. 그 사람들에 대한 내 생각은 그렇게 긍정적이지 않았던 것 같다. 수많은 개그 프로에서 나왔던 연변 사람은 그저 한국말을 어눌하게 하는 바보 같은 사람이었고, 조선족이라고 하면 인터넷에서 떠도는 수많은 무서운 괴담의 주인공이며 보이스피싱과 인신매매의 주역이니까.

그런 내 생각을 바꿔주신 분이 이 가이드 아저씨였다. 가이드 아저씨는 하루 300km를 가야 하는 지루한 버스에서 많은 이야기를 해주셨다. 88올림픽 때 마을에 한 개 있는 TV로 한국의 이야기를 접하기 위해 모였던 조선족들, 동북공정에서 만주라는 이름을 지키기 위한 노력과 연변에서는 한글이 아니면 간판을 달지 못하게 한다는 사실 등을. 그들은 먼 타지에서도 한국인의 피라는 것을 잊지 않고 살아왔다. 부끄러웠다. 나는 독도를 빼앗길 위기에도 만주라는 이름이 지도에서 사라질 때도 그저 피시방에서 롤이나 하고 있었는데, 이 조선인의 피가 흐르는 중국인들은 먼 땅에서 아직 우리의 문화와 역사를 지키기 위해서 노력하고 있었다. 또 부끄러웠다. 그런 사람들을 나는 TV와 인터넷만 보고 부정적인 시각으로 보고 있었다는 것이.

일제 강점기, 그리고 6.25 전쟁을 통해서 많은 우리나라 사람은 타국으로 나가고 가족들과 떨어져야 했다. 이산가족과 일제 강점기 때 일본으로 강제 노역을 가서 돌아오지 못한 사람, 미국으로 입양된 많은 전쟁고아. 그 많은 역사의 피해자 중에는 조선족도 있다. 만약 나와 같이 몇몇 매체에서 나온 기사들만으로 그들을 부정적인 시각으로 본다면 한 번 연변을 다녀왔으면 좋겠다. 그들의 노력을 두 눈으로, 당신의 심장으로 본다면 절대 조선족을 나쁘게 볼 수 없을 것이다.

조선족뿐만이 아니다. 국적은 다를 수 있지만, 자기의 몸에 한국인의 피가 흐름을 자랑스럽게 여기고 한국을 사랑하는 많은 사람이 분명 있을 것이다. 그들은 분명 다른 나라 사람이지만, 몸속에는 같은 피가 흐른다는 것을 기억했으면 좋겠다. 그저 국적이 다를 뿐 우리는 같은 민족이니까.

65

나무와 정원사

한 나무가 있었습니다.

그 나무는 무럭무럭 자라고 있었습니다.

정원사가 왔습니다.

정원사가 그 나무를 관리한다고 합니다.

나무가 자랐습니다. 가지를 뻗쳤습니다.

정원사가 왔습니다. 가지를 잘라냈습니다.

나무는 너무나도 아픕니다.

나무는 자기가 원하는 데로 자라지 못하는 것에 슬퍼하였습니다.

정원사는 상관없이 나무를 보기 좋게 꾸몄습니다.

아름답다고 소문이 난 그 나무는 큰돈에 팔렸습니다.

그렇다면 나무의 의지와 상관없이 나무에게 고통을 주면서도
결론적으로 나무의 가치를 높게 만들어준 정원사는
옳은 행동을 한 것일까요, 옳지 못한 행동을 한 것일까요?
나무는 정원사에게 고마워해야 할까요?

당신의 인생은 어떤가요?

"나를 위해서 나를 희생하라."라고 한다면
당신은 자기 자신을 희생할 수 있나요?
그 희생은 정말 당신을 위한 것일까요?

66

모텔이 뭐 어때서

일본 여행을 가기 위해서 아르바이트로 돈을 모으려 한 적이 있다. 살면서 아르바이트를 길게 하진 않았지만 제법 많은 직종에서 일하였다. PC방, 베지밀 공장, 뷔페 서빙, 햄버거 조리, 치킨집 서빙, 고깃집 서빙. 이렇게 보니 대부분 서비스 업종을 많이 했는데, 이왕 아르바이트할 거 조금은 새로운 일을 하고 싶었다. 그러다가 눈에 들어온 모텔 청소 아르바이트. 인터넷 게시판에서 썰로만 존재하였던 그것이 실제로 모집 중이었다. 호기심 반, 돈 욕심 반으로 나는 모텔에 전화하였고 면접을 보았다. 문신을 가진 무서운 아저씨가 검정 에쿠스에서 나올 줄 알았는데 친근한 사촌 형 같은 추리닝의 아저씨가 나왔다. 덕분에 아주 편안하게 면접 보았고, 나는 그곳에서 일할 수 있게 되었다.

주변에서 모텔에서 일한 사람은 흔치 않을 것이고, 인터넷에서 후기를 보지 못한 사람들은 어떤 일을 하는지 제법 궁금할 것이다. 예상보다 별거 없다. 모텔을 가본 사람은 알겠지만 모텔에서는 여러 가지를 아주 다양한 방법으로 어지럽히게 되는데 그것을 정리하는 것이 나의 업무였다. 굳이 어떻게 작업을 했는지 말하고 싶진 않지만, 주변 친구들의 반응도 그렇고 궁금한 사람이 참 많아서 짧게 적어보려 한다.

우선 나는 주말 오전 10시 출근, 10시 퇴근을 하였다. 주말인 만큼 출근하면 하룻밤을 머물고 비워진 방이 즐비하게 쌓여있다. 그럼 나는 이불 커버, 배게 커버, 음료수, 청소 도구, 일회용 소모품 등 다양한 것을 실어둔 카트를 끌고 다른 아르바이트 형과 2인 1조로 방에 들어가게 된다. 한 명은 화장실을 한 명은 거실을 담당한다.

화장실은 물로 한 번 헹궈 머리카락을 흘려보내고 물기를 수건으로 닦아내 사람이 이용한 흔적을 없앤다. 화장실 청소는 사실 예상보다 편하다. 3시간 대실을 한 손님, 혹은 하루를 자고 간 손님이라도 그 시간 동안 화장실을 얼마나 이용하겠나? 예상보다 깔끔하기에 큰 문제는 없었다.

오히려 힘든 것은 거실 담당이었다. 리모컨부터 휴지, 재떨이 등 모든 것을 제자리에 두고, 일회용 컵이나 수건 같은 소모품들을 모두 다시 채워야 한다. 그리고 손님들이 이용하는 동안 만든 온갖 쓰레기들을 치워야 한다. 물론 그 쓰레기에는 사용한 콘돔도 포함되어 있다. 빠른 시간에 치워야 하기에 장갑을 끼고 벗을 시간도 없어서 보통 휴지로 싸서 집는데, 가끔 방금 사용한 것을 마주하게 되어 그 온기가 전해지면 정말 죽고 싶다는 생각과 죽여 버리고 싶다는 생각이 동시에 든다.

아무튼, 정리가 끝나면 사용한 이불의 커버를 교체한다. 여름의 경우 이불이 얇아 커버를 교체하기 편하지만 겨울 이불은 무거워 여간 힘든 일이 아니었다. 사실 모텔 청소 아르바이트가 가장 힘든 이유는 더러워서가 아니라 이불의 무게 때문이었다. 한 층에 8개의 방, 8개 층에 총 60개의 객실이 있는데 그 손님들이 들어오고 빠지는 속도에 맞춰 청소를 하려면 정말 팔이 아파서 정신을 잃을 것 같았다. 정액이 들어있는 콘돔 따위는 사실 아무렇지도 않았다. 아무튼 이런 이유로 거실 담당은 긴 시간이 필요하였기 때문에 화장실 청소 담당은 화장실 청소가 끝나면 거실에 나와 바닥을 걸레로 닦아 머리카락 등 바닥에 사용한 흔적을 지운다. 그렇게 방 하나를 청소하는데 10~15분 정도가 걸린다. 사실 이것 외에 정말 여러 가지 잡일을 해야 하지만 그건 귀찮으니 생략. 12시간 일을 하는 중 식사 시간 한 시간 정도를 제외하면 사실 일하는 내내 쉴 시간이 별로 없다. 그만큼 장사가 잘되는 곳이 모텔이었다.

장사가 잘되는 모텔, 즉 손님이 많은 모텔이기 때문에 많은 손님을 만났다. 내가 직접 손님을 응대하는 경우는 손님이 맥주를 주문해서 방으로 배달을 하는 경우지만, 엘리베이터, 복도, 혹은 벽 너머로 손님을 접할 기회는 참 많았다. 그러다 보면 다양한 손님을 만나는데, 큰 소리를 내는 손님은 아주 많았기 때문에 나중엔 호기심조차 생기지 않았다. 가끔은 세 명이 오는 사람들도 있었고, 둘이 왔지만 엘리베이터에서 통화로 내 친구를 부를 테니 함께 놀자는 이야기도 거리낌 없이 하였다. 물론 뭘 하고 놀지는 나는 전혀 알지 못한다.

간혹 엘리베이터를 함께 타면 말을 거는 손님도 있었다. 보통은 나이가 있으신 아줌마였는데 "어이구 학생! 잘생겼네. 아주 좋아." 같은 칭찬을 하신다. 그러면 대개 옆에 있는 아저씨가 "에이, 그럼 뭐해. 힘은 내가 더 좋을걸!" 하면서 아줌마의 허리를 꽉 잡으신다. 처음엔 이런 경우 제법 당황스러워 멋쩍은 웃음을 지었는데 나중엔 그냥 "좋은 시간 보내세요." 인사를 하고 나오는 내공마저 생겼다. 젊은 여자와 나이 많은 남자 커플, 혹은 그 반대의 커플도 많이 봤고, 남자 손님 중에서는 대놓고 여기는 아가씨 부르는 데 얼마냐고 묻는 경우도 있었다. 그래도 정말 공간만 빌려주는 곳이라서 다행이라고 생각했다.

이 수많은 손님을 보면서 짧지 않은 기간 일을 하다 보니 스스로 통계를 낼 수 있었다. 가장 많은 손님은 40대로 추정되는 중년의 커플이었다. 처음에는 그 연령의 커플이 들어오면 불륜이 많다고 생각했다. 실제로 인터넷에 떠도는 등산복을 입은 중년의 커플이 적지 않은 수가 온다. 하지만 그것을 제외하고도 중년의 커플은 참 많이 온다. 나중에는 그 많은 커플이 그냥 부부였다는 결론을 지었다. 40대의 부부는 사랑을 하러 모텔을 온다. 사실 이 말을 하고 싶어서 이 글을 쓰게 되었다.

모텔 청소, 혹은 모텔이란 단어를 들었을 때 대부분 사람의 시선은 곱지만은 않다. 사실 나도 그래왔다. 나도 갔던 주제에 말이다. 실제로 모텔 청소를 한다고 했을 때 만류하는 친구들도 있었다. 하지만 일을 해보니 모텔이 전혀 나쁘지 않다고 생각이 되었다. 오히려 집을 놔두고 모텔까지 와서 사랑을 나누는 40대 부부들의 현실이 조금은 안타까웠다. 40대 부부의 자녀라고 하면 이미 어린아이는 아닐 것이다. 그 때문에 집에서 마음 놓고 사랑을 나눌 수도 없을 것이다. 결국 집에서 쫓기듯 나와 이곳에 도착했을 것이다. 어쩌면 우리의 부모님도 오셨을 것이고, 어쩌면 앞으로 내가 40대가 되어 애용하게 될 수도 있는 장소라는 것이다. 그렇게 생각하니 모텔이 오히려 참 좋은 장소라는 생각이 들었다. 사실 결론 따위는 없지만, 그냥 모텔은 절대 불건전한 곳이 아니라는 것을 말해 주고 싶었다.

석 달 정도 후 나는 일본 여행 갈 돈을 모으고 모텔 아르바이트를 관뒀다. 뭐, 사실 다시는 하고 싶지 않은 아르바이트지만 여러 가지를 보고 생각할 수 있었던 재미있었던 경험이었다.

67

만남

살면서 가장 흔하면서

살면서 가장 소중한 것

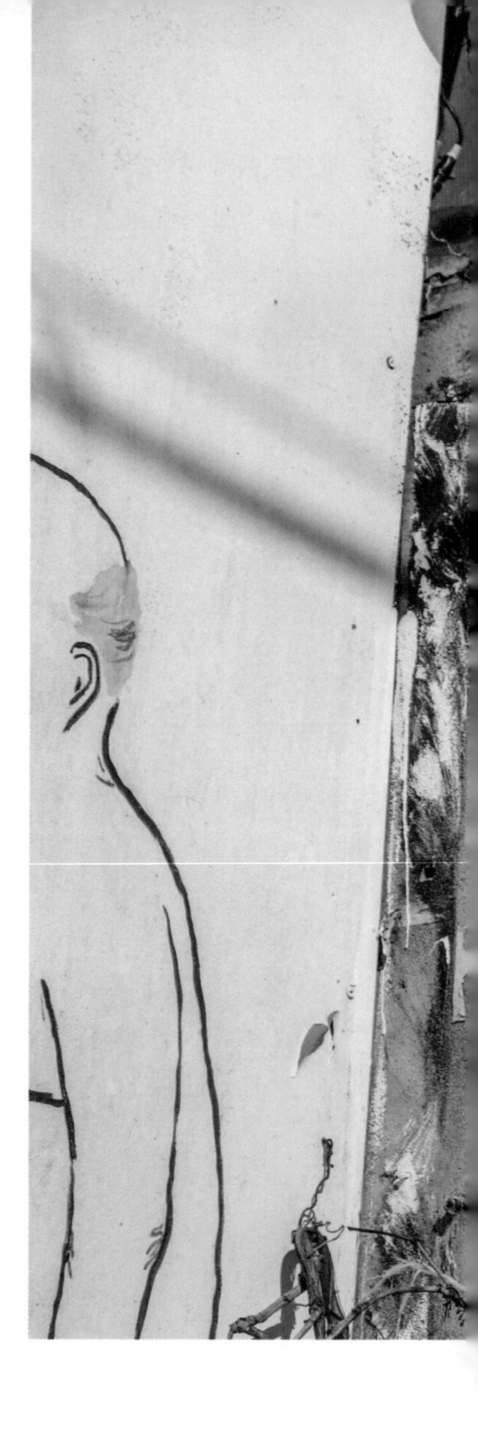

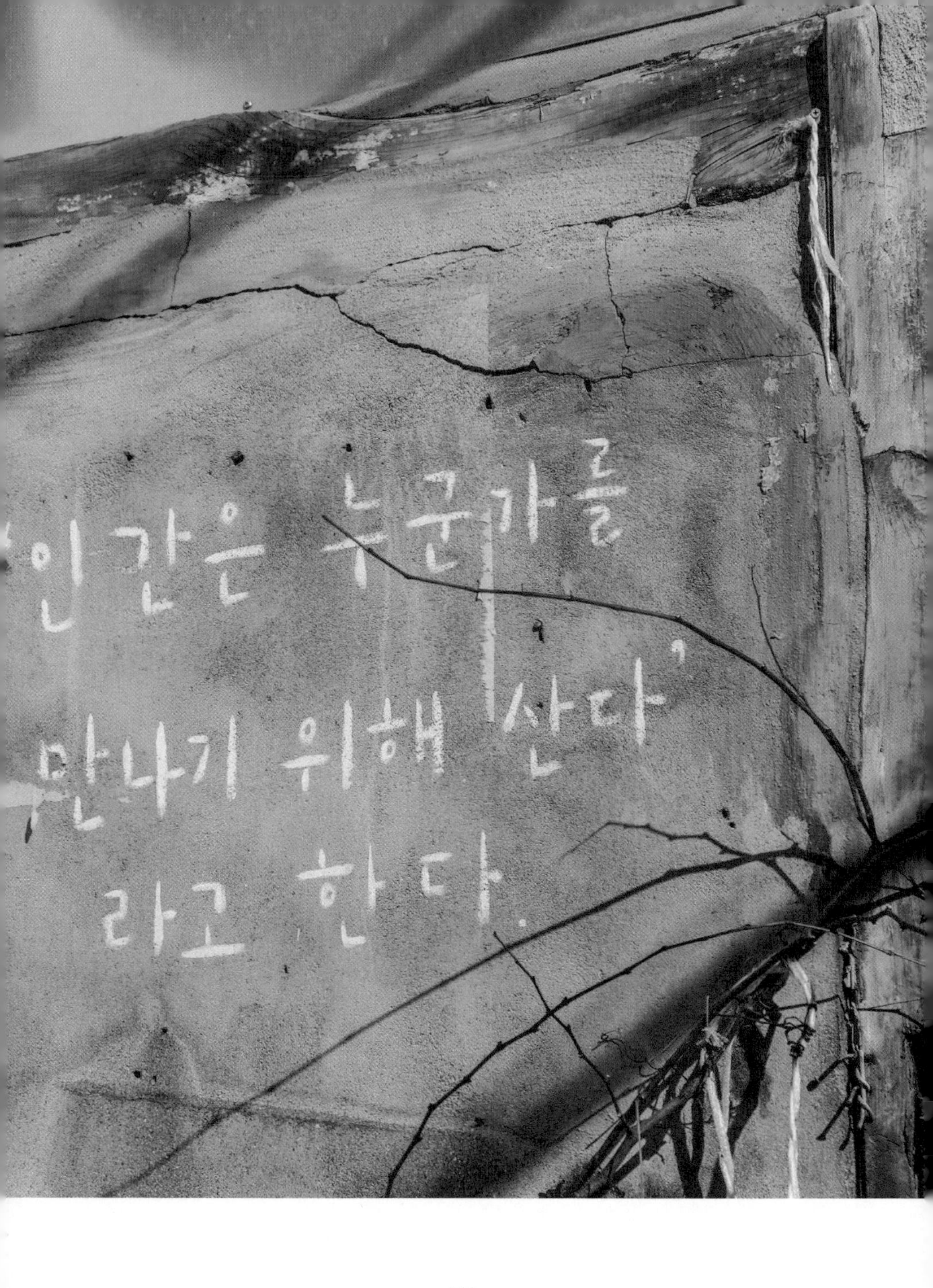

쓸데없는 생각인데 이상하게 맞는 말 그래도 여전히 쓸데없는 생각

68

크리스마스의 진실

크리스마스에 위안이 되는 건
실시간 검색어에《나 홀로 집에》와《러브액츄얼리》
그리고 '크리스마스 특선 영화'가 꾸준히 있다는 것

나처럼 집에서 뒹굴뒹굴 아무 약속도 없이
크리스마스를 보내는 사람이 많다는 뜻일 것이다.

근데 생각해보니 밖에서 데이트를 즐기는 사람은
굳이 나가서 뭔가 인터넷 검색을 하지 않을 테니
나 같은 사람만 검색을 하니까 저런 게 실검이겠지.

불편한 진실을 마주해버렸다.
어디라도 가고 싶은데 혼자서 크리스마스에는 어디로 가야 하죠?

69

Showing inner side

겉모습은 화려할 수 있으나

그 속을 들여다보면

누구에게나 녹슨 마음 한두 개쯤은 가지고 있다.

쓸데없는 생각인데 이상하게 맞는 말 그래도 여전히 쓸데없는 생각

70

서울 지하철

손목에 클럽 도장이 찍혀있는 남학생이 앉아서 핸드폰을 보고 있다.

역에 도착하여 새로운 승객들이 들어온다.

머리가 희끗희끗한 할아버지가 구부정한 자세로 들어온다.

학생은 눈길 한 번 주지 않고 핸드폰만 보며 키득거린다.

학생 옆에 앉아 있던 할머니가 자리에서 일어나

할아버지에게 자리를 양보하려 한다.

할아버지는 자리에 앉았고 그 모습을 본 한 아주머니가

할머니께 자리를 양보하려 한다.

할머니는 다음 역에서 내린다고 괜찮다고 한다.

누가 앉기에 애매한 빈자리.

잠깐의 어색함이 무색하게 이어폰을 꽂은 화장 짙은 여자가 자리에 앉는다.

남학생은 아무래도 상관없다는 듯 핸드폰만 보고 있다.

쓸데없는 생각인데 이상하게 맞는 말 그래도 여전히 쓸데없는 생각

71

경찰 아버지

여러분은 경찰 하면 어떤 이미지가 떠오르나요?

좋은 이미지가 먼저 떠오르는 사람도 많겠지만

그다지 믿음직스럽지 않게 생각하는 분들도 많을 것입니다.

어렸을 적, 경찰이라 하면 멋지고 정의롭고

나쁜 사람들 혼내주는 슈퍼맨이었지만

나이가 들면 들수록 법 앞에서 무력하고

일 처리는 늦으며 강자에겐 약하고

수사조차 마냥 신뢰하지 않은 사람이 많습니다.

특히나 영화에선 경찰이 대부분 악의 손을 몰래 잡거나

범죄자를 어이없이 놓치는 경우만 잔뜩 보여주죠.

그런데 말이에요.

저는 서른 살까지 살며 30년 동안 경찰로 살아온
한 사람을 봤습니다.

그는 초봉 15만 원에 늦은 새벽까지 일을 했고
내가 중학생이 되기까지 나와 저녁을 먹는 날은 드물었죠.
내가 기억하는 가장 선명한 모습은 술에 잔뜩 취해
한 손에 내가 좋아하는 크림빵을 들고
자는 나의 얼굴에 뽀뽀를 하는 모습입니다.

퇴근을 빨리 하실 때면 승진 시험을 위해
도서관에 가서 공부를 하셨습니다.

하루는 어떤 공부를 하시나 책을 훔쳐봤는데
훼손된 시체 사진이 있어 글자는 읽을 정신도 없이
책을 덮고 겁을 먹었던 적이 있습니다.
그 책을 하루 몇 시간을 보며 공부하고
그 책 속 사진을 30년을 넘게 실제로 봐왔던 사람입니다.

그런 잔혹한 현장을 보았고 때론 만취한 사람을 상대했으며
눈보라가 치는 날에도 도로 위에서 음주 운전 단속을 했습니다.
차가워진 손으로 돌아와 아들 목에 손을 넣으며 장난치던

한 사람이 저의 기억 속에 있습니다.

다시 한 번 여쭤보고 싶습니다.
여러분은 경찰하면 어떤 이미지가 떠오르나요?
적어도 저는 모든 경찰분에게 박수를 보내고 싶습니다.

그리고 올해를 끝으로 경찰에서 시민이 되는 저희 아버지가 있습니다.

아버지가 일을 잘했는지 저는 솔직히 모릅니다.
어쩌면 범죄자를 놓쳤을 때도 있었을지도 모르죠.
하지만 한평생을 경찰로 살며 수백 명의 범죄자를 잡고
수만 명의 시민의 안전함을 바랐던 마음만은 의심치 않습니다.

아버지,
30년이 넘는 시간 동안 경찰이라는 힘든 일을 하시며
저와 형을 키워주셔서 부족함 없이, 부끄럼 없이 자랄 수 있었습니다.
평생을 그 은혜 갚으며 살아가겠습니다.

이제 경찰이 아닌 평범한 시민으로
더 이상 석준이 아버지가 아닌 자신의 인생을,
가장 멋진 내일을 보내시길 진심으로 기원합니다.

시간이 흐르고 사람이 바뀌면
언젠가 경찰서에 더 이상 아버지를 경찰로
기억하는 사람은 없어질 것입니다.

그래도 아버지, 당신이 지난 세월 동안
안전한 사회를 위해 성실히 책임을 다한
누구보다 멋진 경찰이었다는 것을 제가 기억하겠습니다.

진심으로 명예로운 퇴임을 축하드립니다.

72

100%보다 완벽한 99.9%

순금이란 단어에는 모순이 있다.

순수한 금이라면서 그 함량은 언제나 99.9%이다. 순금이면 100% 금으로 만들지 왜 굳이 0.01%를 섞을까? 인터넷으로 찾아보니 순수한 금은 작은 충격에도 형태가 변형되기 때문에 형태를 유지하기 위해 아연 등 소량의 금속을 섞는다고 한다. 순수한 금이라고 불리는 24k 금도 99.9%일 뿐이다. 불순물을 섞어야 완벽해지는 것.

너의 인생도 그렇다. 완벽한 인생보다 조금은 부족하고, 약간은 실수가 있어야 더 재미난 인생이 된다. 그러니 너의 삶에 작은 결함이 발생하여도 우울하진 말아라. 그건 그저 너의 인생이 완벽한 것보다 더 완벽한 99.9%로 만들기 위한 작은 불순물일 뿐이다.

73

숨겨진 매력

한순간만 보고 별로라는 말은 말아요.
밤이 되어야만 보이는 이 다리의 매력처럼

누군가의 매력은 항상 보이는 건 아닐지 몰라요.

쓸데없는 생각인데 이상하게 맞는 말 그래도 여전히 쓸데없는 생각

74

헌책방

신촌에서 홍대를 향해 큰길을 따라 걷다 보면 보이는 허름하고 오래된 중고 책방. 특유의 레트로한 느낌이 좋아서 나도 모르게 카메라를 들었던 것으로 기억한다. 솔직히 좋은 말로 레트로지 낡고 오래되고 손님도 없을 것 같은 느낌의 책방이었다.

요즘 누가 이런 헌책방을 온다고. 알라딘이나 yes24같이 인터넷으로도 중고책 거래가 얼마나 쉬운데… 곧 없어지겠지. 언제나 사람들은 편리함을 추구하고 기술은 발전하고 결국 오래된 문화와 생활 방식은 사라지기 마련이니까.

그러다 문득 얼마 전 집 앞에서 봤던 택시를 잡던 할머니 한 분이 떠올랐다. 내가 사는 곳은 대치동 학원가라고 불리는 한티역 주변으로 주말이면 젊은 학생들이 넘치는데, 그만큼 택시 잡기도 어려운 곳이다. 그날은 맥도날드에서 햄버거를 주문하며 택시를 기다리는 할머니를 봤는데 햄버거를 다 먹고 나올 때까지 할머니가 택시를 기다리고 계셨다.

뭐지? 하고 잠시 지켜봤더니 학생들은 택시 앱으로 택시를 불러서 바로바로 타고 가고 있고 할머니는 예약 글씨가 반짝이는 택시를 향해 애꿎은 팔만 한참을 흔들고 계셨다.

집으로 돌아와 TV를 보면서도 하염없이 택시를 기다린 할머니가 눈에 밟힌다. 과연 그 할머니는 얼마나 더 많은 택시를 보낸 후에야 택시를 잡으셨을까?

기술의 발전은 인간의 삶을 분명 긍정적으로 바꿔 가지만 새로운 기술에 적응하지 못하면 그 사람은 피해를 보고 살아야 한다는 조금은 무서운 진실에 괜스레 마음이 불편해진 저녁.

먼 훗날, 내가 나이를 먹어 하루가 다르게 발전하는 기술에 적응하지 못하게 된다면 나도 그 할머니처럼 몇 시간, 혹은 그 이상의 고생을 하면서 살 수도 있겠다 생각했다.

기술의 발전을 막을 순 없다. 또 분명히 발전해 나가야 하는 것이 맞다. 하지만 분명 모든 사람이 그 기술을 습득하고 이용할 수 있지 않다. 그렇다면 그 사람들이 겪게 되는 불편함은 단지 기술을 습득하지 못한 사람만의 책임인가?

그렇지 않다면 이 사회는 얼마나 발전하는지가 아니라 어떻게 발전해야 하는지 좀 더 고민해야 하는 것이 아닐까?

문득 빠르게 흘러가는 시간 속 변화에 익숙하지 않은 사람들을 위해서 부디 헌책방 같은 오래된 무언가가 사라지지 않기를 바라본다.

사회
서적
서적
서적
영업시간
10 30~
22 00
서
점
문
JSP2.2웹프로그래밍

75

노을의 마법

별거 아닌 풍경이지만

노을이라는 주문에 걸리면

뭐든 아름다워지는 마법

76

사진을 찍는 이유

사진을 찍는 것을 좋아하다 보니 주변에서 많이 하는 질문 중 하나가 "너는 왜 사진을 찍어?"라는 질문이었다.

사실 사진을 찍기 시작한 이유는 그냥 재미있을 것 같아서이다. 하지만 대부분 사람도 그렇고 대부분 취미가 그렇듯 시작은 큰 포부로 시작하지만 몇 주 끼적거리다가 관두기 십상이다. 그런 내가 4년째 사진을 찍고 있고, 3만 번을 넘게 셔터를 눌렀고, 두 번의 개인 사진 전시회를 열기까지, 사진은 내게 취미를 넘어서 하나의 중요한 활력소가 되었다. 내가 이렇게까지 사진에 빠지고 난 후 사진을 찍는 이유를 다시 질문을 받았을 때 나는 그저 재밌을 것 같아서라고 대답할 순 없었다.

그래서 왜 내가 사진의 매력에 빠졌나 생각해보았다. 그 이유는 앵글 속으로 본 세상은 앵글 밖에서 볼 수 없는 새로운 모습을 볼 수 있기 때문이다. 특별할 것 없는 거리, 별거 없는 이 시간과 공간조차 앵글로 들여다보면 보이지 않던 매력이 보이게 된다.

사실 사진만 그런 것이 아니라고 생각한다. 별거 없어 보이는 저 사람도, 나도, 그리고 너도 분명히 들여다보면 본인만의 반짝임이 있을 것이다.

"너는 왜 사진을 찍니?"라는 질문의 대답을 이제는 말할 수 있다. 평범한 너에게서도 눈부신 무언가가 있다는 것을 말하고 싶었기 때문이다.

77

연말에 할 수 있는 일

스쳐 간 바람이 어느새 저 멀리 나뭇잎과 춤추는 것처럼
데이트 후 헤어질 땐 하루가 너무나 짧게 느껴지는 것처럼
올 한해도 길 것처럼 다가와 순간처럼 지나가 버렸습니다.

누군가는 학점을, 누군가는 여행을, 또 누군가는 돈을 원했고.
어떤 이는 사랑을, 어떤 이는 취업을 목표로 한 해를 보냈을 것입니다.

하지만 야속하게도 꿈꾸던 목표를 다 이루기엔 1년이란 시간은 너무나 짧았고, 주위의 환경은 한겨울 바람만큼 차고 날카로울 뿐이었으며, 무엇보다 나라는 사람은 생각보다 나태했기에 결국 올해를 마무리하는 지금, 지난 1년을 만족할 수 있는 사람은 별로 없을 것입니다.

"늦었다고 생각할 때가 가장 빠르다."라는 말이 무색할 만큼 야망은 컸으며 목표는 많지만 올해 남은 시간은 너무나도 짧기에 어쩌면 지금 당신의 연말이 조금은 우울할 수도 있습니다. 하지만 아직 남은 이 짧은

시간 동안에도 당신이 꼭 하고 싶었던 일 중 지금이라도 할 수 있는 것이 있습니다.

하고 싶었던 말들. 내 마음속의 진심을 전하는 것.

누군가는 내 소중한 친구에게 너와 함께여서 즐거웠다고
누군가는 나를 이끌어준 선배에게 항상 감사했다고
누군가는 나를 따라준 후배에게 믿어줘서 고맙다고
누군가는 나를 지켜봐 주던 가족에게 정말 감사하다고

또 누군가는 사랑하는 연인에게 사랑한다고
또 누군가는 짝사랑하는 인연에게 사랑해왔다고

당신이 하고 싶었던 일을 모두 하기엔 부족한 시간이지만
당신이 하고 싶었던 말을 모두 하기엔 충분한 이 시간

얼마 남지 않았다고 생각했던 지금
사실 부족한 것은 어쩌면 시간이 아니라 용기일지도 모릅니다.

바로 지금, 핸드폰을 들어보세요.
부끄럽고 쑥스러워 차마 하지 못했던 솔직한 당신의 마음을
소중한 사람에게 전하는 시간을 가져보는 것은 어떨까요?

78

산타할아버지

아주 어렸을 땐 말이야, 물론 너도 그랬겠지만 나는 산타할아버지가 정말로 있다고 믿었다? 근데 차츰 커가면서 어렸을 땐 반드시 있을 거라고 생각했던 그 존재가 언제부터인가 "있었으면 좋았을 텐데"로 바뀌었더라고. 내 머리맡에 선물을 놓아둔 사람이 산타가 아니라 부모님이라는 것을 알게 되었던 그 때, 나는 이제 다 컸다고 생각해서 친구들에게 "산타는 없어!", "산타를 믿어? 너 아직도 애야?"라면서 친구들의 동심을 파괴하고 다녔는데 사실 진실을 알게 돼서 가장 아쉬워했던 건 나였던 것 같아. 남몰래 실천한 나의 선행을 바라봐주는 존재도 없고 더구나 쌓아왔던 선행 때문에 받을 선물도 없는 거였잖아. 그 이후로 크리스마스는 내게 그저 빨간 날이었던 것 같아.

그렇게 몇 년의 시간이 지나고 성인이 되니 크리스마스가 갑자기 특별해지는 거 있지? 어쩌면 그냥 빨간 날일 뿐인데 나와는 전혀 상관없는 한 위인의 생일일 뿐인데, 사람들은 몇 주 전부터 거리를 화려하게 장식하고 비싼 식당과 연극을 예매하지. 그리고 당일이 되면 우린 이유 없이 설레기 시작해.

모처럼 찾아온 휴일이 반가워서일까? 아니, 일 년 동안 몇 번의 다른 휴일이 있지만 그날마다 설레진 않아. 평소에 눈을 싫어하는 사람도 그날만큼은 눈이 오길 소망하게 되는 그런 날. 사랑하는 연인과 함께 보낸다면 곱절은 행복하고, 또 막상 가족과 친구와 혹은 혼자서 보내더라도 카페에 가서 창밖의 커플을 보며 캐럴만 들어도 12월의 따뜻함을 느낄 수 있는 특별한 날. 그런 날이 있다는 것이 참 신기하지 않니? 모든 사람이 그날이라는 이유만으로 들뜨고 설레고 행복해하고 있으니 말이야.

그러고 보면 정말로 산타할아버지는 있는지 몰라. 작은 선물이 너무나도 특별해지는 마법, 싫던 눈도 간절해지는 마법, 마음에 설렘만이 가득해지는 마법. 그런 마법 같은 선물을 우리에게 줄 수 있는 사람은 산타할아버지밖에는 없지 않을까?

쓸데없는 생각인데 이상하게 맞는 말 그래도 여전히 쓸데없는 생각

79

그저 사진 한 장

그는 해가 지기 한참 전부터 차를 끌어 산으로 갔다.
그리곤 무거운 삼각대와 카메라를 가방에 넣고
홀로 외로이 높디높은 산을 올라야만 했다.

그리고 가장 아름다운 풍경을 보여줄 자리를 잡고
몇 번의 카메라 설정을 맞춘 후에야 준비가 끝날 것이다.

마침내 찾아온 풍경, 한두 번 찍고 끝내면 될 것을
혹시 모른다는 마음으로 같은 사진을 열 번을 더 찍고 나서야
다른 구도는 또 다른 느낌을 주지 않을까 새로운 자리를 찾아 나선다.
끝내 저 태양이 모습을 감추고 나서야 촬영이 끝난다.

어둑해진 산길을 한 걸음 한 걸음 조심해서 내려와
차를 타고 집에 오면 SD카드의 사진을 컴퓨터로 옮기고
수백 장의 비슷한 사진을 확인하며 기껏해야 다섯 장의 사진을 고르고

고른 사진을 더 아름답게 보정하고 나서야
사진사의 사진 한 장이 완성된다.

솔직히 대부분 사람은 천재가 아니기에
사진이든 글이든 음악이든 혹은 일이든
특별하기보단 어디서 본듯한 비슷한 결과가 나오기 쉽다.

그럼에도 그 결과가 나오기까지 누군가는
수많은 노력과 헤아리기 힘든 고뇌를 하였을 것이다.
그러니 부디 작은 결과물, 뻔한 작품이라고 무시하지 않았으면 좋겠다.

남들이 보기엔 그저 사진 한 장
그 속엔 남들이 볼 수 없는 열정이 담겨 있다.

80

우산꽂이

"나도 저 우산들처럼 사람들을 지켜주고 싶다."

우산꽂이는 생각했다. 우산꽂이는 비 오는 날, 잔뜩 젖어 돌아오는 우산이 부러웠다. 거친 빗살에서 사람들을 지켜주고 온 우산을 보면 전쟁터에서 살아 돌아온 전사처럼 부러웠고, 그런 우산을 그저 받쳐 줄 뿐인 자기의 모습이 너무나 초라했다.

"나도 저 가방처럼 사람의 사랑을 받고 싶다."

우산은 생각했다. 하염없이 비를 맞아 항상 축축했고, 실내에 들어서면 다른 우산들과 좁디좁은 우산꽂이 안에서 어깨싸움을 해야만 했다. 반면에 가방은 빗방울이 조금 묻어도 툭툭 털어주는 대접을 받았다. 조금이라도 덜 젖게 하기 위해 가방은 언제나 우산의 품 가장 깊숙한 곳이었다.

"나도 화분처럼 아름다운 꽃만 담고 싶다."

가방은 생각했다. 가방의 몸 안에는 언제나 새로운 친구들이 들어왔다. 한 책과 친해지려고 하면, 다음 날에는 또 다른 책이 들어왔다. 이제 좀 친해지려고 하면 주인 녀석은 그 책들을 몽땅 버리고 새로운 책을 사왔다. 가장 참을 수 없는 것은 어떤 날은 쓰레기가 들어와 한구석에 자리를 잡고 몇 달이 지나도 빼주지 않는 것이었다. 그런 가방은 아름다운 꽃만을 담아 함께 지내는 화분이 너무나 부러웠다.

"나도 저 꽃처럼 아름다워지고 싶다."

화분은 생각했다. 언제나 예쁨을 받는 것은 꽃이었다. 주인은 꽃에게 정성을 쏟았다. 때가 되면 물을 주고, 잎사귀에 먼지가 쌓이면 닦아주었다. 손님이 오면 자랑했고 손님도 아름답다며 감탄하였다. 그 꽃을 품고 있는 나의 모습에는 전혀 관심이 없었다. 가장 슬펐던 사실은 꽃이 부럽고 원망스러웠지만, 그 꽃을 품지 않는 자신은 결국 창고로 돌아가야 하는 운명이란 것이다.

"나도 저 우산꽂이처럼 변함없었으면 좋겠다."

꽃은 생각했다. 꽃은 현관의 우산꽂이와 우산을 보았다. 우산은 때론 낡아서 때론 고장 나서 주인에게 버림을 받았지만, 우산꽂이는 버려지지 않았다. 꽃은 자신의 상태를 잘 알고 있었다. 꽃잎은 빛을 잃어가고 날씨는 점점 추워지고 있어 조만간 메말라버리고 말 것이다. 그럼 분명 저기 버려진 우산처럼 버려져 아무도 바라봐주지 않는 존재가 될 것이다.

81

유통기한이 지난 필름

유통기한이 지난 필름에선 예상치 못한 재밌는 색감이 나온다.
예상하지 못했던 즐거움은 언제나 더욱 특별하다.

생각지도 못한 일이 일어나는 이 세상이 멋지고 좋다.

쓸데없는 생각인데 이상하게 맞는 말 그래도 여전히 쓸데없는 생각

82

좋은 날

기타 동아리 활동을 하였을 때를 생각해보면 매일 손바닥에는 멍이 들어있었고, 손가락은 굳은살이 박여 있었다. 입술은 피곤해서 쩍쩍 갈라졌고, 목은 항상 부어 있었다. 그런데 신기하게도 이런 나날이 너무 행복하였다. 힘들었지만 좋은 날이었다.

천재는 노력하는 자를 이길 수 없고 노력하는 자는 즐기는 자를 이길 수 없다는 말이 있다. 사실 나는 이 말에 조금도 공감하지 못한다. 노력을 해도 천재를 이기긴 쉽지 않았고, 즐기기만 해선 노력하는 사람보다 앞서갈 수 없었다.

하지만 분명한 것은 가장 행복한 사람은 즐기는 사람이란 것이다.

그러니 너는 그냥 즐겼으면 좋겠다. 네가 좋아하는 것을 했으면 좋겠다. 행복했으면 좋겠다. 좋은 날만 왔으면 좋겠다.

결국엔 사랑

사실 이 책을 쓰면서 직접적으로 혹은 간접적으로 정말 많은 사람의 도움을 받았습니다. 가깝게는 부모님과 친구들부터, 멀게는 여행지에서 단 몇 분을 이야기한 여행객, 심지어는 지나가다 단 몇 초 관찰한 청소부 아저씨까지. 이렇게 많은 사람의 도움을 받았지만 사실 가장 도움을 받은 사람은 지금, 그리고 앞으로도 평생 함께하고 싶은 지금의 여자친구입니다.

사실 이 책 속에 나오는 글들은 제가 열아홉 살부터 스물일곱 살 사이에 쓴 글이 대부분이고 몇몇 내용만 그 이후로 쓴 글이죠. 스물여섯 살 독립 출판을 꿈꾸며 글을 마무리해 놓았지만 디자인이며 실행까지, 겪어야 하는 수많은 일이 귀찮아서 미루고 미루게 된 것입니다. 그런 제가 다시 이 책을 출판할 수 있었던 것은 하루하루 발전하기 위해 노력하는 지금의 여자친구를 만났기 때문입니다.

대학을 졸업하자마자 취업하고 직장이 생겼음에도 본인의 꿈을 이루기 위해 직장 생활을 하면서 대학원에 들어가기 위해 공부를 하던 여자친구. 결국 대학원에 합격하여 모은 돈을 모두 학업을 위해 쓴 멋진 사람. 일하면서 학업하는 게 쉽지 않을 법한데 애써 힘든 내색하지 않고 최선을 다하는 모습만 보여주는 사람. 이런 사람을 만나고 있는데 저라고 가만히 있을 순 없었습니다. 저도 여자친구처럼 꿈을 위해 노력해야겠다고 생각한 순간 "내가 하고 싶은 것이 뭐지?"라는 생각이 들었죠. 그러다 생각난 것이 바로 독립 출판. 스물여섯 살부터 미뤄왔던 이 일을 나도 다시 시작해야겠다고 생각했습니다.

그렇게 지난 글들과 새 글을 정리하고 배치하기를 반복하고, 글마다 어울리는 사진을 찾아 넣고 디자인하기를 반복하여 완성된 이 책. 그래서 이 책의 마지막에는 작게는 이 책을 다시 쓸 계기를 만들어 준, 크게는 제 인생을 조금 더 열심히 살 수 있도록 만들어준 여자친구에게 하고 싶은 말을 쓰려 합니다.

83

빛나는 사람

너같이 반짝이는 사람이 내 손을
이렇게 꼬옥 잡아주는 것을 보니
나도 제법 괜찮은 사람인가 보다

그리고 너도 나처럼 생각할 수 있게
나도 더 빛나는 사람이 되어야겠다

84

기분 좋은 방해

당신과 연락할 때 책을 읽고 있다고 하면
당신은 방해하기 싫다며 연락하지 않겠다고 해요.

책을 읽는다고 솔직히 말하는 저도 바보지만
당신도 저 못지않게 바보예요.

당신의 연락이 책을 읽는 데 방해되는 건 맞지만

책을 읽다가도 이어폰에서 '카톡' 소리가 나면
머릿속에 떠다니는 책 속 등장인물은 사라지고
혹시 당신일까 설레는 마음으로 폰을 찾는 저라는 걸 모르시나요?

그러니 만약 제가 책을 읽는다고 하더라도 말이에요.
그런 기분 좋은 방해는 매일매일 해주시길 바랄게요.

85

그 정도로 좋아요

당신이 그랬죠?

제가 왜 그렇게까지 당신을 좋아하는지 모르겠다고.

그건 당신이 스스로 얼마나 멋진 사람인지 몰라서 그래요.

당신은 말이에요.

꽃망울을 피운 지 3일된 연분홍 벚꽃보다 아름답고

지하철 창문 밖으로 바라본 한강의 풍경보다 멋져요.

당신과 전화를 할 때면

방금 산 떡볶이가 다 불어서 못 먹을 정도가 될 때까지

당신과의 통화를 끊고 싶지 않아요.

그 정도로 당신이 좋아요.

아니에요. 그것보다 더 당신이 좋아요.

86

벚꽃길

어제는 너와 벚꽃길을 걷다가

떨어지는 벚꽃잎 하나가 너의 손에 쏙 들어왔어

그런데 그런 말이 있잖아?

떨어지는 잎사귀나 꽃잎을 잡으면 소원이 이루어진다고

동전 백 개를 아무렇게나 던졌는데 모두 앞면이 나올 확률

얇은 바늘을 높이 던져 바닥에 있는 단추 구멍에 쏙 들어갈 확률

어쩌면 이런 말도 안 되는 일이 일어나는 것처럼

수많은 꽃잎, 수많은 공간 속에서

작은 손에 더 작은 꽃잎 하나가 콕 박히는

운명 같은 만남이 신기해서 우리는 소원을 비는 것 같아.

너는 어떤 소원을 빌었니?

비록 나도 꽃잎은 잡지 못했지만 소원은 빌었어.

이 세상 많고 많은 사람 중에서
너라는 사람을 만나서 이 길을 함께 걸을 수 있다는 건
떨어지는 벚꽃잎이 손에 들어올 확률보다 더 기적 같은 만남이니까.

희망
함께 만드는 서울, 함께

87

100가지 표정

너에게 100가지의 표정이 있다면
난 너의 100가지 표정 모두 사랑할 거야

너에게 100개의 못난 점이 있어도
나는 너의 예쁜 점 100가지를 찾아낼 거야

네가 나를 100만큼 좋아한다고 하면
나는 너를 101만큼 사랑한다고 말할 거야

88

유일한 사람

예쁘다는 말에 조명이 예뻐서 그런 거라고 대답하는 너
진짜로 예쁘다는 말에 손으로 볼살을 가려서 그런 거라고 하는 너
정말 정말 예쁘다는 말에 네가 술을 마셔서 그런 거라고 말하는 너

공부는 썩 잘했다면서 막상 자기의 어떤 모습이
가장 예쁘고 귀여운지 잘 모르는 너에게 하나씩 말해주면

맥주를 마시고 나서 '캬하~' 소리를 내며
맥주잔을 탕! 내려놓는 모습이 예쁘고

술에 취해 살짝 붉어진 볼이 안주를 먹을 때마다
볼록볼록 튀어나오는 모습이 귀엽고

예쁘다고 말하면 온갖 핑계를 만들면서
입꼬리가 씰룩거리는 네 모습에 설레어

목구멍을 타고 넘어오는 흑맥주의 향보다 더욱 강렬한

너는 내가 진심으로 예쁘다고 말할 수 있는 유일한 사람

89

매일

매일 한 가지 풍경만 보면서 살 순 없을 것 같아
매일 한 가지 일만 하면서 살 순 없을 것 같아

그런데 그 매일매일 네가 내 곁에 있으면
난 정말 행복하게 내일을 기다릴 수 있을 것 같아

90

첫 번째 여름

샛노란 해바라기가 고개를 들고
연분홍 연꽃잎이 활짝 피어난 이 계절에

덜컹거리는 기차에 나란히 앉아
창밖의 일렁이는 파도를 바라볼 때면

시원한 에어컨 바람이 좋아서일까
이어폰 너머 함께 듣는 노래가 포근해서일까
몇 번을 꾸벅이다 내 어깨에 내려온 너의 얼굴

그 평온한 얼굴을 한참을 바라보다
이내 내 눈도 스르르 감겨 나란히 머리를 포개보는

너와 마주한 첫 번째 여름

1990 SIGNATURE

91

같이 살까

"같이 살까?"
장난 반, 진심 가득 담은 한 마디에
깜짝 놀라 똥그란 눈이 되어버린 너

그러더니 심각한 표정으로 곰곰이 생각하다
"안돼. 사계절은 지나 봐야 알아."라고
진지하게 대답하는 네 모습이 귀여워

"두 달만 줄여줘."라고 하니
심각한 표정으로 같이 살 계획표를 가져오라는
한없이 놀리고 싶은 너를 어쩌면 좋니

92

가을이 좋은 이유 2

여름을 딱히 싫어하진 않았지만
올여름이 유독 싫었던 이유가 있다면

뜨거운 햇볕에 너의 손을 꼭 붙잡자면
손바닥에 송골송골 맺히는 땀방울 때문이었지

그래도 어느덧 다가온 10월

목에 힘을 잔뜩 주던 갈대가 고개를 숙이고
선선한 바람에 은행 열매가 바닥에 톡톡 떨어지는

여름 내내 내 새끼손가락만 움켜쥐던 너의 손을
이젠 꼭 마주 잡고 걸을 수 있는 가을의 시작

그 무언가를 잃고 나서야 볼 수 있는 모습이기에
나는 다가온 이 계절이 너무나도 좋다

거봐요 오늘도 빛났잖아요

93

어울림

분명 내가 어울리지 않은 모자를 써도

정말 예쁘다고 말해주는 너는 내게 딱 어울리는 사람

94

변화

푸르렀던 초록 잎들이 무언가를 잃어야만
빨간색, 노란색이 스미는 것처럼

어쩌면 시간이 지나 무언가 잃어야만
더 아름답게 보이는 것들이 있다.

너를 만나 찾아온 세 번째 계절

아직 너는 나를, 나는 너를 잘 알지 못해
보여줬던 어설픈 겉치레가 사라지고 나니
잃은 건 잃은 대로 조금은 아쉬울지 몰라도

먹는 것도 조금씩 떠서 작은 입으로 오물거리던 네가
호탕하게 숟가락 가득 곱창전골을 떠 입안 가득 넣고
크~ 하며 호탕하게 맛있다고 고개를 끄덕이는 모습이

그 무언가를 잃고 나서야 볼 수 있는 모습이기에

나는 다가온 이 계절이 너무나도 좋다

95

많이 사랑하는 건 쉬워요
사랑을 많이 주는 것이
어려울 뿐

이 세상 누구보다 당신을 사랑한다고
당당하게 말할 순 있다고 생각했는데

지난날의 나를 돌이켜보면 가끔은

사랑한다는 것을 핑계로 날카로운 말을 내뱉고
또 사랑한다는 이유로 그걸 이해해주길 바랐던
철없던 어제의 내가 있었네요.

바보 같던 나는 얼마나 사랑하느냐만 생각하고
어떻게 사랑을 해야 하는지는 생각하지 못했나 봅니다.

사랑한다는 것이 그 마음의 크기만 중요한 것이 아니라
평소 행동과 말투, 사랑을 주는 방법이 얼마나 중요한지
깨닫게 해준 당신에게 또 한 번 미안하고 또 감사해요.

그 고마운 마음을 담아 이젠 고운 말,

행복한 표정으로만 당신을 마주하는 내가 될게요.

96

앞으로

이 글은 당신과 만난 지 300일 정도에 쓴 글이에요. 300일이란 시간이 짧다면 짧고 길다면 길겠지만, 분명 우리가 앞으로 보낼 수많은 시간보다는 결코 길지 않은 시간일 거에요.

우리는 앞으로 많은 일을 함께 마주하겠죠. 항상 웃을 일만 있으면 좋겠지만 때론 힘든 일, 우울한 일, 가슴 아픈 일도 마주할 거에요. 그 힘든 상황 속 서로에게 힘이 되어주고 싶은 마음은 당연하겠지만 마음과 다르게 서로에게 상처를 주는 말이나 행동을 할 때도 있을 거에요. 많이 싸우고, 많이 울고, 정말 지치는 날이 찾아올 수도 있어요.

그래도 내가 앞으로 약속할 수 있는 건,
때론 서운한 일을 할 순 있어도 나를 원망할 일은 만들지 않을게요.
모든 걸 이해해줄 순 없겠지만 언제나 존중하는 마음을 가질게요.
가끔은 틀린 말을 할 순 있어도 거짓된 말은 하지 않을게요.
하기로 한 모든 일을 다 할 순 없어도 하지 말라고 한 모든 일은 하지 않을게요.

언제나 듬직한 남자가 될 순 없겠지만 언제나 의심받을 일은 하지 않을게요.

어쩔 수 없이 눈물이 나는 날은 있겠지만, 결코 혼자 울게 만들지 않을게요.

사랑해요.

당신에게 이 문장이 오랜 시간이 지나도 무뎌지지 않도록 더 큰 사랑으로 다음 날을 준비할게요.

앞으로 긴 시간 동안 마주할 힘든 일, 우울한 일들을 당신의 손을 꼭 잡고 함께 견디고 나아갈 수 있다는 것이 얼마나 큰 기쁨인지 당신은 모르실 거에요.

그럼 앞으로도 잘 부탁드립니다, 내 사랑!

글을 재미있게 읽으셨나요? 부족한 글을 끝까지 읽어주신 모든 분께 정말로 감사드립니다.

사실 이 책을 쓰면서 정말 많이 고민했습니다. 제가 쓴 글 중 어떤 글을 넣고 어떤 분위기로 책을 담을지, 또 어떤 사진을 글과 함께 소개할지 말이죠. 하지만 그중에서도 가장 고민한 것은 역시 책의 제목이었습니다.

만약 제 지인이 아닌 분들이라면 누군지도 모르는 작가의 책을 선택하기 위해 가장 중요한 것은 역시나 책 제목과 표지 디자인일 테니까요.

이 책에는 혼자서 블로그를 시작하며 짧은 시를 썼던 열아홉 살부터 본격적으로 책을 출판하고자 글을 쓰던 스물여섯 살, 그리고 지금 서른 살까지 이 책에는 저의 10대부터 20대, 다가올 30대 저의 모습이 담겨 있습니다.

읽어보셔서 아시겠지만 사실 내용이 그렇게 특별하진 않아요. 평범하게 대학교에 다니고 사람들을 만나며, 동아리 활동을 하고 연애를 하고 군대를 갔다 오고 아르바이트를 하고 여행을 다니고 취업하기까지. 그 시간 동안 제가 보고 듣고 기억하는 것을 글과 사진으로 표현한 것이 이 책이라고 할 수 있습니다. 하지만 단순히 그 일이 있었던 것이 아니라 그 일을 겪으면서 제가 생각하고 느낀 것들을 모두가 공감하게 쓰고 싶었어요. 그래서 이 책을 읽고 나면 별일 없이 스쳐가는 오늘도 돌아보면 분명 빛나는 순간이 있었을 것이라고 말하고 싶었습니다.

그래서 결정한 제목이 '거봐요, 오늘도 빛났잖아요.'입니다. 조금 밋밋한 제목이지만 제가 하고 싶은 메시지를 가장 잘 표현한 제목 같아서요. 광고 업계에 일해온 제가 이렇게 재미없는 제목으로 책을 출판할지는 몰랐습니다. 하지만 제 글을 읽는 분들이 평범한 제 이야기를 읽고 본인의 비슷했던 경험을 떠올리며 공감하고, 그 평범했던 하루도 사실은 반짝이고 있었다는 것을 말씀드리고 싶어 이 책의 제목을 지었습니다.

여기서 제가 강조하고 싶은 것은 '평범한 일상'이에요. 저는 '평범'이란 단어를 정말 좋아합니다. 특별한 사람들의 이야기는 아주 자극적으로 많은 미디어에서 다뤄줍니다. 20대에 수십억 재산을 가진 사람, 잘생긴 연예인부터 가까이는 여러분이 구독하는 유튜버까지. 이런 특별한 사람들과 자신을 저울질 하다 보면 평범한 사람들은 상대적 박탈감에 빠지기 쉽습니다.

저 또한 그런 인생을 부러워하는 사람 중 한 명이었습니다. 별로 일하지 않아도 큰돈을 받고, 그렇게 대단한 사람이 아닌 것 같은데 완벽한 삶을 사는 사람들을 보면 부족하게 자란 것도 아니면서 괜히 제가 작아지더라고요. 그러다 시간이 지나고 그 사람들을 부러워해봤자 바뀌는 것은 없다는 것을 알았습니다. 오히려 제 삶을 소중히 여기고 제 평범한 일상을 사랑하는 것이 제 정신 건강에 더 좋더라고요.

물론 이 과정이 쉽지 않았습니다. 제 평범한 일상을 사랑하기 위해선 일단 다른 삶에 비교하지 않고 제 삶을 집중해야 하는데 어떻게 해야 할지 잘 모르겠더라고요. 그래서 제가 선택한 방법이 바로 글을 쓰는 것이었습니다. 내가 그날그날 하고 보람을 느끼고 또 무언가를 배우고 사랑하고 우울했던 나날을 기록하였습니다. 그러다 보니 차츰 제 삶이 좋아지고 특별해 보이더라고요.

한 가지 독자분들께 여쭤보고 싶은 것은 혹시 책을 읽으며 제 삶이 조금 특별하다고 생각하신 적이 있나요? 이 책을 출판하기 전 몇몇 지인들에게 책이 괜찮나 봐달라고 한 적이 있는데, 책에서 나온 제 이야기를 보고 거리 공연, 독립 출판, 사진전 등 남들이 하지 않은 활동들을 보면서 제가 특별한 활동을 많이 했다고 하시는 분들이 있었습니다.

하지만 제 생각은 조금 달라요. 저는 정말 평범한 인생입니다. 평범하게 지방 국립대 4년제를 나와 지금은 광고 회사에 다니고 있죠. 서울로 취업해서 11평 원룸 전세를 살고 있고요. 이런 제 삶을 특별하게 해준 것은 제가 이제까지 했던 활동들이 아니라, 그 활동들을 그냥 스쳐 보내지 않고 기록한 것입니다. 사진을 찍고 글을 쓰고 감정을 남겨두었기 때문에 그 평범했던 나날들이 특별해질 수 있었다고 생각합니다.

독자분들께 마지막으로 말씀드리고 싶은 것은 이 책의 주인공은 저지만 여러분 마음속 책의 주인공은 여러분이라는 것입니다. 꼭 저처럼 출판하라고 말씀드리는 것은 아니지만 자기만의 언어로 자기만의 기록 방법으로 여러분의 일상을 기록해보세요. 다른 사람들의 인생이 아니라 자기의 하루를, 그리고 내일을 그려보세요. 그러면 나는 무엇을 좋아하는지, 또 무엇을 하고 싶은지 조금 더 자신을 들여다보실 수 있을 것입니다.

언젠가 저 또한 여러분의 이야기를 듣고 "역시 오늘도 빛나는 하루를 보내셨군요!"라고 말할 수 있는 날을 기대하고 있겠습니다.

긴 글 읽어주셔서 진심으로 감사드립니다.

스쳐가는 하루 속
스며드는 우리들의 이야기

거봐요,
오늘도 빛났잖아요

초판 1쇄 인쇄 2020년 07월 19일
초판 1쇄 발행 2020년 08월 03일
지은이 이석준

펴낸이 김양수
책임편집 이정은
편집·디자인 김하늘
교정교열 박순옥

펴낸곳 도서출판 휴앤스토리
출판등록 제2012-000035
주소 경기도 고양시 일산서구 중앙로 1456(주엽동) 서현프라자 604호
전화 031) 906-5006
팩스 031) 906-5079
홈페이지 www.booksam.kr
블로그 http://blog.naver.com/okbook1234
이메일 okbook1234@naver.com

ISBN 979-11-89254-38-4 (03800)

* 이 도서의 국립중앙도서관 출판예정도서목록(CIP)은 서지정보유통지원시스템 홈페이지(http://seoji.nl.go.kr)와 국가자료종합목록 구축시스템(http://kolis-net.nl.go.kr)에서 이용하실 수 있습니다.
(CIP제어번호 : CIP2020030005)